の影

旗本三兄弟 事件帖1

藤 水名子

時代小説

二見時代小説文庫

目次

闇公方《やみくぼう》の影――旗本三兄弟 事件帖1

序　章　来嶋《きじま》家の人々

一

「いい加減にせい、黎二郎《れいじろう》ッ」
激しい叱声《しっせい》とともに、
ばすッ、
と唐紙《からかみ》の破れる音がした。
そのとき虚空を裂いた太一郎《たいちろう》の拳《こぶし》が、黎二郎の左頰に炸裂したのだ。殴られた勢いで黎二郎の体は勢いよく背後に吹っ飛んだ。父親譲りの立派な体軀が襖《ふすま》の唐紙をぶち破り、それでもなお勢いはやむことなく、襖ごと、黎二郎の体を次の間《ま》まで吹っ飛ばした。公家《くげ》の若君が身につけるような青地錦《あおじにしき》の着流しの裾が派手にめくれ、屈強そうな脛《すね》が丸出しになる。

「なにしやがんだ、この野郎ッ」

だが黎二郎は瞬時に体勢を立て直し、太一郎に向かって体を躍《おど》らせる。

「いつまでも兄貴面《あにきづら》してんじゃねえぞ、てめえッ」

町場の破落戸《ごろつき》も顔負けの罵声とともに、黎二郎は兄の胸倉に手を伸ばす。

「別に兄貴面をしているわけではなく、俺は実際にお前の兄だ」

無遠慮に伸ばされた黎二郎の手を払い除けざま太一郎が静かに述べると、

「うるせえよ」

その手首を乱暴に摑み、黎二郎は力任せに引き寄せた。体格に勝る黎二郎の力には抗《あらが》えず、太一郎はその場に引き倒され、易々《やすやす》と組み敷かれる。

「どうだ、兄貴？」

太一郎をしっかりと押さえ込んだ黎二郎は言わずもがなの得意顔。

「たかが二年ばかり先に生まれたからって、顔見りゃ、偉そうに説教しやがってよう」

「偉そうに説教されたくなくば、しっかりせよ、と申しておるのだ」

唇を嚙んで言い返しつつ、太一郎は懸命に弟の体を押し退《の》けようと藻搔《もが》く。だが、太一郎よりひとまわり体格の勝る黎二郎の体は、どう足掻《あが》いてもビクともしない。

「しっかりしてるよ、俺は。誰の世話にもならず、てめえ一人で生きてるだろうが。兄貴にとやかく言われる筋合いはねえんだよ」

「遊女の許《もと》に流連《いつづ》けるのが、立派な武士の生き方か」

「ああ、武士だよ。立派かどうかは知らねえけどなッ」

「たわけがぁッ」

渾身の怒りが、太一郎に無双の剛力を与えた。一喝しざま、太一郎は黎二郎の体を跳ね返した。

ドガっ、
両者の体が入れ替わり、黎二郎の背が再び破れた襖の上に倒れる。

「恥を知れぃッ」

「何処《どこ》に流連けようが、俺の勝手だッ。てめえの腕一本で稼いだ金でしてることだ。誰にも恥じることはねえや」

「博徒《ばくと》の用心棒をしてか？」

「それがどうした！」

「嘆かわしい」

「なんだとう！」

「亡き父上に、申し訳ないと思わぬのか？」

「…………」

ふと口調を変える太一郎の問いかけに、黎二郎は絶句した。亡父のことを言い出されるのは、さすがに堪《こた》える。

「父上譲りのその腕を、可惜《あたら》ヤクザ者の用心棒などに使いおって」

「じゃあ、一体どうしろってんだよ。このご時世、剣の腕なんぞ必要としてるのはヤクザくらいのもんだろうがッ」

「それは……」

「ましてや貧乏旗本の次男坊なんぞに、他にどんな身過《みす》ぎの術《すべ》があるってんだよ」

「…………」

自嘲的な黎二郎の言い草に、今度は太一郎が言葉をなくした。

「え？　どうなんだよ、兄貴？」

虚を衝《つ》かれて動揺した太一郎の体は、容易《たやす》く黎二郎に押し返される。

「だ、だから、少しは身を慎めと申しておるのだ。身を慎めば、そのうち、よい婿《むこ》の口もあろうというもの……」

「冗談じゃねぇッ」

黎二郎は再び声を荒げて喚《わめ》く。

「誰が、婿養子なんぞ！　女房の尻に敷かれて窮屈な思いをするくらいなら、そこらで野垂《のた》れ死んだほうがましなんだよッ」

「窮屈な思いをするかどうか、わからんではないか」

「わかるんだよ、兄貴を見てりゃあ」

「俺は婿養子ではないぞ」

太一郎は憮然《ぶぜん》とする。

「婿養子みてえなもんだろが。格上の家からもらった嫁さんに、口答え一つできねぇんだからよ」

「推参《すいさん》なり、黎二郎ッ！」

太一郎の面上に再び激しい怒りが漲《みなぎ》り、組み敷かれたままで、黎二郎の胸倉を摑み返した。

黎二郎は黎二郎で、兄の腕を振り解こうと藻掻くが、こうなっては太一郎にも意地がある。長身の黎二郎に比べるとひとまわり小柄に見える太一郎だが、膂力《りょりょく》ではひけをとらない。

黎二郎の胸倉を摑んで押し返しつつ半身を起こし、グイグイと押していく。

「くぅ……」

押されるうちに、黎二郎の背中はもう一枚の襖に押しつけられ、更に押された。剣術や柔術のような体技では幾分黎二郎のほうが勝るが、子供の頃から、相撲《すもう》をとっては兄に勝ったことがない。男子二人の体重をかけられると、襖は容易《たやす》く桟《さん》から外《はず》れた。

どぉッ、

地鳴りのような音を響かせ、二人の体は、縺《もつ》れ合ったままで無人の次の間《ま》へ傾《なだ》れ込む。そのとき、

「あ」

小さな驚きの声音が、次の間から漏れた。

次の間には、意外や人がいた。それも、二人——。

一人は、菖蒲《しょうぶ》の花を染め出した堆朱《ついしゅ》の着物の中年婦人。もう一人は、長兄・太一郎によく似た風貌の、十七、八の若者である。

堆朱染の着物の婦人は、縺《もつ》れ合って足下に転がる男子二人を冷めた目で見下ろしながら、

「順三郎《じゅんざぶろう》」

若者の耳許に低く囁《ささや》いた。

「はい」

「早く、やめさせなさい」

「え？」

順三郎と呼ばれた若者は、驚いて母を顧みる。幼気《いたいけ》な少年の眼差《まなざ》しが、少しく恐れに戦慄《わなな》いている。

「わ、私がですか？」

「他に誰がいるのです」

「そ、それはそうですが……」

「兄たちの喧嘩を止めるのは、弟たる者の務めではありませぬか」

「な、なれど……」

「早くやめさせなさい、順三郎。このままでは、折角《せっかく》休んだ千佐登《ちさと》と綾乃《あやの》殿が目を覚ましてしまいます」

「それはそうですが……」

順三郎は、なお逡巡した。

もとより彼らも、兄たちの言い争う声を聞いて様子を見に来た。さほど広くもない屋敷の内だ。ここからは一番遠い最奥の寝室でやすんでいるとはいえ、部屋数にして、僅《わず》か三つの隔たりしかない。兄たちが、このままあたり憚《はばか》らぬ大音声《だいおんじょう》で言い争い、争い続ければ、嫂《あによめ》と二つになったばかりの姪《めい》は畢竟《ひっきょう》目を覚ましてしまうだろう。

「順三郎」

「はい」

母の香奈枝《かなえ》に厳しく見据えられ、順三郎の瞳は更に戦《おのの》く。

「なにを躊躇《ためら》っているのです。それでも来嶋《きじま》家の男子ですかッ」

「わ、わかりました」

決死の思いで順三郎は答えた。

いついかなるときでも、母の言いつけは絶対だ。順三郎は覚悟を決め、互いに互いの胸倉を摑み合ったまま、組んず解《ほぐ》れつする長兄・太一郎と次兄・黎二郎のほうへ、恐る恐る近づいた。

幼い頃から、兄たちの激しい諍《いさか》いの仲裁役は弟であるお前の務め、と母に言いつけられてきた。場数《ばかず》を踏んでいるからといって、必ずしもそれが上手《うま》くできるわけでも、そのことに慣れているわけでもない。

「おやめください、お二人とも――」

怖《お》ず怖ずと太一郎の肩へ手をかけ、黎二郎から引き離そうと試みる。が、

「だいたい貴様は、己の将来をどう考えておるのだッ」

興奮しきった太一郎の耳には全く入らぬらしい。

「うるせえな。先のことなんざ、わからねえよッ」

「落ち着いてください、黎二郎兄《にい》」

と、今度は黎二郎の肘《ひじ》を摑んで引っ張ろうとするが、

「邪魔だ、引っ込んでろ」

軽く振り払われ、その拍子に蹌踉《よろ》けてしまった。

「あっ……」

ヨロヨロと後退《あとじさ》り、母の足下にへたり込む。

「だらしない」

見上げた母・香奈枝の顔は、いつにもまして冷ややかなものだった。

「兄たちの兄弟喧嘩一つ止められぬとは、そなたは、それでも来嶋慶太郎《けいたろう》の子ですかッ」

容赦ない叱声を放ちざま、香奈枝はやおら身を翻《ひるがえ》し、床《とこ》の間《ま》の長押《なげし》へと手を伸ばした。

「は…母上」

「どきなさいッ」

順三郎の戸惑いを他所《よそ》に、長押の槍掛《やりか》けから朱柄《しゅえ》の槍を取る。構えるまもなく、

「やッ」

短い気合いとともに、鞘《さや》を跳ね飛ばす勢いで鋭く突きだされた穂先は、太一郎の腋《わき》を掠《かす》め、黎二郎の喉元でピタリと止まった。

「うわッ」

「な、なにしやがる！」

太一郎と黎二郎はともに驚き、揃って香奈枝を顧みた。鋭い切《き》っ尖《さき》が、黎二郎の鼻先すれすれまで迫っている。それを避けるため、黎二郎は半身を倒したままで注意深く後退った。そして、間合いから逃れたところで激しく母を罵《ののし》った。

「危ねえじゃねえか、このクソばばあッ」

「口を慎め、黎二郎ッ。母上に対して、なんという言い草だ」

「うるせえな。いちいち俺に指図をするなと言ってるだろうがッ」

「貴様こそ、少しは年長者を敬ったらどうだ。俺はともかく、母上にまで、無礼な口をきくのは許さぬぞ」

「おう、許さねえなら、どうするってんだよ」

「両名とも、おやめなさいッ」

なお止まぬ二人の言い争いを、香奈枝の叱責が一喝した。

「父上の形見の、このご拝領の御槍を前に、兄弟で相争うなど、恥ずかしいとは思わぬのか」

「…………」

太一郎と黎二郎は、ともに顔を背《そむ》けて黙り込む。亡き父のことを持ち出されては、黙り込むしかないのである。

「どうなのです、太一郎？」

「争っていたわけではありません」

母に詰め寄られ、太一郎は忽《たちま》ち威儀を正す。

「私はただ、黎二郎めが自堕落《じだらく》な暮らしを改める様子がないので、少々意見を……」

「だから、それが余計なお世話だって言ってんだよ、くそ兄貴ッ」

「黙りなさい、黎二郎ッ」

「ちっ……」

香奈枝に叱責されると、不満顔で舌を打ちつつも、黎二郎は仕方なく口を噤《つぐ》む。

香奈枝は再び、太一郎に向き直る。

「黎二郎がお前の言うことを聞かぬのは、お前にそれだけの徳がないからですよ、太一郎」

「…………」

「頭ごなしに諫《いさ》めるだけでは、人は従いませぬ」

「はい」

「本気で人を順《したが》わせようと思うなら、己のまことを見せねばなりませぬ。あなたは黎二郎に対してまことを尽くしていますか？」

「…………」

「兄であり、来嶋家の当主であるということに傲《おご》り、安易に従わせようとしたのではありませんか？」

「…………」

「答えられぬということは、どうやら当たっているようですね」

「面目次第もございませぬ」

「心得ておきなさい」

「肝《きも》に銘じて――」

　太一郎が深々と項垂《うなだ》れるのを満足げに見据えてから、

「黎二郎」

　香奈枝は、不貞腐《ふてくさ》れて胡座《あぐら》をかいた黎二郎のほうに向き直る。

「お前もよくありません。兄の言葉を、父上の言葉と思って聞くようにと、常々言い聞かせてきた筈ですよ」

「あ――、はいはい、そのとおりでございます、お母上様」

「黎二郎ッ」

　どこまでも不貞腐れた様子の黎二郎を鋭く睨《にら》み据えれば、

「ったく、やってらんねえよ」

　小さく肩を竦《すく》めつつ、黎二郎はその場でゆっくりと腰をあげた。腰をあげると、元いた部屋へ戻って自らの大小を取り上げ、

「用があるっていうから、わざわざ出向いて来てやったってのに、辛気《しんき》くせえ説教ばっかりしやがってよう」

　二刀を腰にさすと、裾を払って大股で歩き出す。

「黎二郎！」

「待たぬか、黎二郎ッ」

「黎二郎兄《にい》」

母と長兄と末弟は、口々に黎二郎を呼び止めた。だが。

「こちとら、それほど暇じゃねえんだよ」

「どうせ、女のところへ行くのであろう」

「ああ、そうだよ。馴染みの女は、一人や二人じゃないんでね」

怒らせてでも足を止めさせようとする太一郎の思惑も、残念ながらあっさりかわされた。

「またな」

背中から言い捨て、黎二郎は部屋を出て行った。太一郎の居間から、争っていた次の間を通り抜ければ、玄関までの真っ直ぐな廊下、僅かに数十歩の距離だ。

クックックッ……

と滑るような摺《す》り足で進むその足音は忽《たちま》ち遠ざかり、やがて完全についえた。

「ったく、しょうがない奴だ」

足音のついえたあたりに向かって、太一郎は忌々《いまいま》しげに舌打ちしたが、

「仕方がないでしょう」

「え？」

どこまでも冷静な母の呟《つぶや》きに、太一郎は一瞬耳を疑う。

「貧乏旗本の次男坊など、先は知れていますからね。荒れる気持ちはわかります」

しみじみと述べられた香奈枝の言葉を、半ば信じられぬ思いで──だが、もう一方では納得しながら、太一郎は聞いた。

(矢張《やは》り母上は、私より黎二郎のほうが可愛いのだな)

そう思い知らされながらも、なお己を鼓舞して太一郎は言う。

「しかし、廓《くるわ》通いのためにいかがわしい博徒の用心棒をして金を稼ぐなど、武士のふるまいとも思われませぬ」

「よいではありませぬか。己で稼いだ金子《きんす》をなにに使おうと──」

「母上」

「ほら、それですよ、太一郎」

「え？」

「そうやって一方的に己の意見ばかり押しつけるから、黎二郎もそなたの言葉を聞く気になれないのです」

「…………」

「少しは、黎二郎の気持ちも考えておやりなさい」

「はい」

「弟たちの身の振り方を考えるのも、長男の務めですよ」

一方的な香奈枝の言葉をじっと聞いていた太一郎だったが、

「ならば、順三郎はどうなのです」

遂に堪えかねて、言い返した。

「順三郎とて、先の知れた貧乏旗本の三男坊でありながら、少しもいじけることなく、日々学問に励んでいるではありませぬか」

「…………」

「たとえ部屋住みであっても、志《こころざし》一つで、生き方などどうとでもなるものです。黎二郎はただ世を拗《す》ね、己の境遇に甘えているだけです」

「兄でありながら、弟たちを比べるのですか」

「え？」

「確かに順三郎の心がけは殊勝です。部屋住みの身を徒《いたずら》に嘆かず、学問にて身を立てようとの志、見上げたものです。だからといって、志をもてぬ黎二郎を蔑《さげす》むのですか」

「そんなつもりでは……」

「そなたと黎二郎は、歳も二つしか違わず、道場では、黎二郎のほうが先に免許を与えられました。それ故そなたが、黎二郎を快く思っていないとしても、仕方ないでしょう」

「わ、私は断じて、黎二郎をやっかんでなどおりませぬッ」

たまらず太一郎は言い募る。

「黎二郎と順三郎を比べたことも、ありませぬッ」

「それはまことか？」

「はい」

太一郎が肯《うなず》くのと、香奈枝の唇辺に意味深な笑みが滲《にじ》むのとが、殆ど同じ瞬間のことだった。

「それならよいのです」

咲きほころぶ大輪の花の如き笑みで満面を染めながら、香奈枝は部屋を出て行った。御拝領の槍を、元の鴨居《かもい》の槍掛けに戻して。

（矢張り母上は、私より黎二郎のほうが可愛いのだろう。父上似の黎二郎のほうが……）

四十を過ぎているとは到底思えぬほど艶《あで》やかな母の後ろ姿を見送りながら、太一郎は再度思った。心配そうに自分を見つめている順三郎に、なにか兄らしい言葉をかけねばと思うものの、どうしても言葉が湧いてこなかった。

二

(伽羅《きゃら》とも少し違う……)

昨日、富岡八幡《とみおかはちまん》の縁日で買いもとめたばかりの新しい香《こう》を聞いていた。少々値は張ったが、想像していたとおり、よい香りである。

(清涼感はあるけれど……)

香奈枝は少しく首を傾げる。

微細な香りの差を聞き分けるためには、兎《と》に角《かく》精神を集中し、全神経をそこへ向けねばならない。だが、
次第に近づきつつある足音に、その精神の集中を妨《さまた》げられた。

(順三郎)

障子に映る影の様子を子細に見ずとも、香奈枝には、足音と気配から、それが誰なのか、容易に察し得た。

声を掛けてきたのは、案の定順三郎である。

「なんです？」

「ちょっと、よろしいでしょうか」

その思いつめた声音《こわね》の感じから、何を言いに来たのかも、香奈枝にはある程度予想がつく。予想はつくが、だからといって、

「言いたいことはわかっている。聞きたくないから下がりなさい」

と無下《むげ》には言えない。

「お入りなさい」

仕方なく、順三郎を促した。

「失礼いたします」

火影《ほかげ》を揺らめかせながら、順三郎が香奈枝の居間に入ってくる。

「なんですか、こんな時刻に――」

「あんまりでございます、母上」

その行いを咎める香奈枝の言葉を遮《さえぎ》り、思いつめた順三郎が勢いこんで言った。

「あれでは、太一郎兄上が、あまりにお気の毒でございます」

一途《いちず》で懸命な声音であった。

「なにが気の毒なのです」

「一方的に、太一郎兄上ばかりをお責めになって……喧嘩両成敗ではありませんか」

「馬鹿を言いなさい。太一郎は年長者です。本来弟を労《いたわ》るべきなのに、手をあげるなど、言語道断ですよ」

「ですが、母上、そもそも黎二郎兄の素行が悪いから……」

「いいですか、順三郎。太一郎は、長兄であると同時に、来嶋家の当主なのですよ。部屋住みの弟たちとは違うのです」

「………」

「武家において、家督を継ぎ、妻《めと》を娶って子をなすことができるのは、家を継いだ当主だけに許されたこと。部屋住みのお前たちは、他家へ養子にゆく以外、生涯家族をもつこともできぬのですよ」

「それは……」

「お前は学問で身を立てると言っていますが、学問の家の出でもないお前がそうなるためには、矢張り学問の家の養子になるしかないでしょう。その見込みはありますか？　養子の口がなければ、如何《いか》に学識を積もうと、一生この家の厄介者《やっかいもの》ですよ」

あまりにも冷ややかな母の言葉に、順三郎は絶句する。

「つまり、当主の太一郎は、終生お前たちの面倒を見なければならないのです。そのためには、慈父の如く寛《ひろ》い心をもたねばならぬのに、ちょっと口答えをされたくらいで弟と争うようでは、先が思いやられます」

(ちょっとどころではなかったように思うが)

という心の声を、順三郎は間際《まぎわ》で呑み込んだ。

母の言うことはもっともで、それ以上、言い返すべき言葉は、順三郎にはなかった。

「得心しましたか、順三郎?」

「は、はい」

「では、さがりなさい」

「え?」

「用はすんだのだから、さっさと出て行きなさい」

言いざま香奈枝は、黒漆《くろうるし》の香盒《こうごう》を再び手にとった。最早《もはや》順三郎には見向きもしない。

「失礼いたしました」

順三郎は仕方なく立ち上がり、一礼して母の部屋を出た。

(確かに、母上の仰《おお》せられることはもっともだが……)

薄昏《うすぐら》い廊下をトボトボと自室に向かって歩き出しながら、順三郎は思った。

父の慶太郎が死んだとき、順三郎は僅か三歳の幼児だった。それ故父のことは殆ど覚えていない。「立派な武士だった」「剣の腕は免許皆伝。道場でも一、二を争う腕前」「男の中の男」等等、二人の兄たちから断片的に聞かされているだけだ。

次兄の黎二郎は六つ、長兄・太一郎は八つ年上で、順三郎は二人の兄たちによって育てられたに等しい。そのせいか、兄たちとの思い出なら沢山《たくさん》あるのに、母との思い出は数えるほど——いや、殆どない、と言っていい。

母の香奈枝は美しく賢い女性ではあるが、母性には乏しく、順三郎にとっては厳しいひとという印象しかなかった。

(だが、近頃の母上は、どこか違っておられる。以前よりもっと、更に厳しさが増したような……)

どこがどう、とはっきり言えるものではないが、確実に、なにかが違っている気がする。

(母上はやはり、太一郎兄上よりも、黎二郎兄のほうが可愛いのだろうか)

とも思ってみる。

それ故、家督を継いだ太一郎に対してなにかと厳しく接するのだろうか、とも。

だが、それもまた、違うような気がする。確かに黎二郎を庇《かば》うような発言の多い母だが、だからといって、太一郎より黎二郎のほうを溺愛《できあい》しているとも思えない。物心《ま》ついた頃から、兄たちが、まるで母の愛を奪い合うかのように激しく争うさまを目のあたりにしてきた。兄に対する対抗意識は、黎二郎のほうが格段に激しかったと思う。それ故遮二無二《しゃにむに》剣の道にのめり込み、太一郎よりも早く免許を許された。太一郎は別段それを悔しがりもせず、心から黎二郎を祝福していたように思う。

そんな太一郎の兄らしい鷹揚さを、香奈枝も歓んでいた。

武家の女らしく厳しい母ではあったが、子供たちのうちの誰か一人を偏愛するような女ではなかった。少なくとも、順三郎にはそう思えた。

(だからこそ、自分だけの母上であってほしいと思ってしまうのかもしれない)

自室に戻り、無意識に書架の上の書物に目を落としながら、順三郎は思った。

それは、兄たちには大きく後《おく》れをとる三男坊で、母の目が自分に向かないのを当然と感じて育った順三郎なるが故の思いだったかもしれない。はじめから、母を独占したいなどとは夢にも思わなかった。そのつもりだった。だが、彼もまた心の何処かで、母の目が、自分一人に向けられんがことを夢見ていたのかもしれない。

三

「黎さま」

廓の入口に立った途端、振袖新造《ふりそでしんぞ》の小雪《こゆき》が華やいだ声をあげて黎二郎に駆け寄ってきた。

「美雪《みゆき》はいるか？」

「姉さんは別のお座敷です」

「そうか」

あっさり踵《きびす》を返しかける黎二郎の袖を捕らえ、

「黎さま」

小雪は甘えた声を出す。

「姉さんの体があくまで、あたしがお相手しますから」

「お前は新造じゃねえか」

黎二郎はその小さな手をぞんざいに振り払う。廓の決まりで、水揚げ前の新造に手を出すことは許されない。それなのに、揚げ代だけは遊女と一夜をともにしたのと同じだけとられる。馬鹿馬鹿しいこと、この上ない。

「黎さまが来てると知ったら、前のお客さんは早く切りあげてくれますよ。……黎さまをおかえししたと知れたら、あたしが姉さんに叱られますから」

「そんなことしたら、前の客と揉め事になるだろうが。廓で、女がらみの諍《いさか》いなんざ、真っ平なんだよ」

懸命に言い縋《すが》る小雪を振り払って、黎二郎は廓の外に出た。

馴染みの妓《おんな》なら、他にもいる。同じ店で、同時期に二人の妓とは馴染みにならぬのが、廓の礼儀である。

（さて、何処へ行こうかな）

通りを歩きながら、黎二郎は馴染みの妓たちの顔を順繰りに思い浮かべてみる。

神田鍛冶町《かんだかじ》にある来嶋家の屋敷から真っ直ぐこの吉原《よしわら》へ向かい、大門《おおもん》をくぐったときには、あたりはまだ完全に暮れ落ちてはいなかった。時刻も六つ前だった。

なんなら昼見世《ひるみせ》に登楼《あ》がろうかと思案しながら、仲の町《なかちょう》の通りに連なる茶屋を素見《ひやか》しているうちに、すががきの三味線の音が鳴り出した。夜見世の営業がはじまったのだ。先ず見世出し（開店）を告げる鈴が鳴り、身支度を調《ととの》えた遊女たちが張見世に並ぶ。遊女たちが所定の席に座り、張見世が終わるまで、三味線の音は鳴りやまない。

黎二郎にとっては、既に耳に馴染んだ音色である。

（今宵は——）

幾人かの女の顔を思い浮かべながら、黎二郎の足は、無意識に行きつ戻りつしてしまう。

（誰を抱きたいんだ、俺は？）

何度自問自答しても、なかなか答えに辿り着けない。そもそも美雪のいる山吹屋《やまぶきや》に足を向けたのもただの気まぐれで、どうしても美雪でなければいけない、という類《たぐい》の気持ちからではなかった。

（要するに、俺のことなんざ、とっくに見捨てた、ってことか）

来嶋家を去ったときから絶えず胸に興《おこ》る思いが、油断をすれば忽ち黎二郎を打ちのめしてしまう。

兄と喧嘩をする度《たび》、どんなに自分のほうが悪くとも、太一郎のほうが厳しく叱責されるのは、いまにはじまったことではない。理由の如何《いかん》を問わず、母は常に、太一郎を厳しく叱った。その都度黎二郎は、兄に対する申し訳なさでいたたまれなかった。できれば、同じように叱ってほしかった。

弟の順三郎とは六つも歳が離れていることもあり、およそ喧嘩することはなかったが、もしもしていたなら、たとえ順三郎のほうに非があろうとも、頭ごなしに自分が叱られていたのだろうか、と空想することは屢々《しばしば》あった。

そんな由無《よしな》い空想をせずにはいられぬほど、黎二郎は母の叱責を求めていた。事あるごとに叱られている太一郎が、心底羨ましかった。母が、自分や順三郎に甘いのは、部屋住みの不憫さを憐れむが故であるということを思い知っていたからだ。

結局、母にとっての息子は、長男である太一郎一人なのだ。

それを思い知るのがいやで家を出て、極力寄り付かぬようにしていたのに、今日まで、奇《く》しくも思い知らされてしまった。子供の頃の苦い記憶が、望みもせぬのに次々と甦ってくる。

（兄貴は、俺が母上から依怙贔屓《えこひいき》されてると思ってるんだろうなぁ）

そう思うと、黎二郎には己の存在そのものがやりきれなかった。

仮に、自分の容姿が亡き父に最も似ているのだとしても、それで自分を依怙贔屓するような母ではない。少なくとも、黎二郎はそう信じている。

（まあ、いいや）

漫《そぞ》ろ歩いた果てに鉄漿溝《おはぐろどぶ》まで行き着いてしまった。そのまま溝に沿い、西河岸《にしがし》をゆく。小見世が無数に並んでいるが、河岸見世の女郎は、仲の町の張見世の妓に比べると数段落ちる、と言われている。中には百文、五十文で抱ける下級の女郎もいることから、懐《ふところ》の寂しい者、あまり柄《がら》のよくない者たちが集まる。

そんな西河岸の小見世を一つ一つ覗きながら、黎二郎は流れゆく周囲の喧騒に身を任せていた。

美しい女よりも、優しい女の許《もと》で一夜を過ごしたい。

それが今夜の、黎二郎の望みだった。

第一章　お城勤め

一

「如何《いかが》なされました？」

妻から手渡された二刀を無意識に手挟《たばさ》んだきり、式台《しきだい》の上から一向動かぬ夫に、綾乃は怪訝《けげん》そうに問いかけた。

「ご気分でもお悪うございますか？」

「い、いや」

再度問われて、太一郎は漸《ようや》く我に返る。

朝食のときも考え事をしていて、綾乃の言葉を無意識に聞き流していたかもしれない。

（まずいな）

太一郎はそのことを少しく悔いた。

「いや、すまない。ぼんやりしていて、そなたの言葉に等閑《なおざり》な返事をしてしまったかもしれぬ」

それ故馬鹿正直にそのことを詫びた。

「いいえ、私は別に、なにも――」

首を傾げて綾乃は考え込む。

「旦那様こそ、なにかお気に病まれておいでなのではありませぬか？」

「それは、母上が……」

「母上様が、どうかなされましたか？」

「いや……」

端正な眉間を曇らせ、太一郎は口ごもった。母が一昨日あたりから身につけている、真新しい堆朱染めの着物のことが、実は気になっていた。華美な風俗を禁じる昨今の倹約令にひっかかるほどではないが、このところ、母は頻繁に着物を新調している。つい先月も、秋物の小紋を仕立てたばかりだ。言いたくはないが、三百石の当家にとっては些《いささ》か散財の過ぎる気がする。

「旦那様？」

「い、いや、なんでもない」

だが、わざわざ出仕前に問い質《ただ》すほどのことでもないと思い返して、

「帰ってから話そう」

言いざま太一郎は式台を降り、綾乃に背を向けた。

「お帰りは、いつもどおりでございますか？」

その背に、綾乃がすかさず声をかける。

「ああ、何事もなければ、いつもどおり、七ツ過ぎになるだろう」

背中から応えて、太一郎は家の外に歩を踏み出した。砂利を敷き詰めた玄関の外から門までは僅かに五十歩程度。足早に歩けば、その背は忽《たちま》ち門の外に消えてしまう。

「わ、若ッ」

草履取《ぞうりと》り兼中間《ちゅうげん》の喜助《きすけ》が、慌ててそのあとを追う。

「お待ちを――」

「若ではない」

「これは失礼いたしました。旦那さま」

不機嫌な声音で太一郎に指摘され、喜助は慌てて言い直す。

亡父の代からの使用人は、十五年経っても、未だに太一郎を「若」と呼ぶ。気をつけているつもりでも、咄嗟《とっさ》の際にはつい口走ってしまう。

(ま、仕方ないか)

太一郎は内心苦笑する。

お城勤めをするようになってもうそろそろ一年が経つというのに、太一郎自身、その立場にも「旦那様」という呼称にも慣れていない。寧《むし》ろ、「旦那様」のほうに、若干の居心地悪さをおぼえる。妻の綾乃から「旦那様」と呼ばれるときのほうが、少なからず緊張してしまう。

但し、綾乃に対する緊張感には、別の意味もある。

(大身《たいしん》の娘を嫁にもらえば将来安泰だから、と言う母上の言いなりになったのが、そもそもの間違いだった)

綾乃は、来嶋家とは不釣り合いな、三千石の旗本・榊原《さかきばら》家の一人娘だった。一人娘といっても、二人の兄の下に産まれた末っ子である。家督は長兄が継ぐことになるだろう。だからといって、たった三百石の貧乏旗本に嫁《とつ》がずとも、もっと条件のよい縁談は山ほどあった筈である。その中で、何故来嶋家を嫁ぎ先に選んだのか、当の太一郎にもさっぱりわからない。

「綾乃殿は、一豊《かずとよ》の妻になりたいのでしょう」

この縁談が調《ととの》い、だが、それを太一郎が不可解に感じたとき、母の香奈枝が言った。

「同じような家格の大身へ嫁げば、苦労知らずの一生を送れるかもしれません。ですが、そこになんの面白味《おもしろみ》がありますか？」

「え？」

「一豊の妻は、貧しい山内《やまうち》家に嫁いだが、内助の功をもって能《よ》く夫を助け、軽輩にすぎなかった一豊を、一国一城の主へと出世させたのです。……綾乃殿は、内助の功で、お前を立身出世させたいのでしょう」

「いまは戦国の世ではありませんよ。一国一城は無理でしょう」

「気概の問題です」

あきれる太一郎に、凜《りん》とした声音で母は言い切った。

「女子と生まれて、ただ親の言うなりに嫁ぎ、嫁いで後は夫の言うなりとなり、ただ息をしているだけのような人生の、一体なにが面白いのです。ならばいっそ、貧しい軽輩の許へ嫁ぎ、自らの内助の功で夫を押しあげられたら、と願うでしょう、志ある女子ならば――」

母の頬は少女のように紅潮し、なにを夢見ているのか知らないが、その瞳はキラキラと輝いていた。一見少女のようなその容貌とも相俟《あいま》って、到底《とうてい》四十過ぎの年増《としま》には見えない。

「綾乃殿は、天晴《あっぱ》れ女丈夫《じょじょうふ》、武家の妻の鑑《かがみ》です」

「如何様《いかさま》」

太一郎は納得するしかなかった。

それが真実であろうがなんであろうが、太一郎にとって、母の言葉は絶対だ。

(自ら好んで苦労したいと思う者もおるまいと思うが)

半信半疑ながらも、太一郎は、家督を継いだ年、四つ年下の綾乃を妻に迎えた。

女子の容姿をあれこれ言うのは武士《もののふ》の恥と思い、一度も見合いをすることなく、祝言の日を迎えた。花嫁の顔をひと目見るなり、太一郎は我が目を疑った。

(楊貴妃《ようきひ》だ)

絶世の美女だった。

もとより太一郎は、自分の妻が美女だからといって忽《たちま》ち有頂天《うちょうてん》になるような軽佻《けいちょう》浮薄《ふはく》な人間ではない。美女を妻に迎えながらも浮わついたりはせず、懸命に勤めに励んだ。

綾乃もまた、自らの美貌はもとより、大身の出であることを鼻にかけたりはせず、嫁として能《よ》く仕えた。実家では、使用人たちがしていたに違いない家事もすべてそつなくこなした。その上、姑《しゅうとめ》の香奈枝をたてることも決して忘れない。

あまりにも完璧すぎて、太一郎には未だに自分の妻だという実感が湧かず、一女をもうけたいまとなってもなお、緊張感が消えない。口の悪い黎二郎から、「婿養子みてえに窮屈そうだ」と言われても、心情的には当たらずとも遠からずなので、返す言葉がなかった。

（だが、綾乃は何故、俺のような男の許へ嫁いできたのであろう。本当に、母上の言われるように、この家を自らの力で盛り立てたいというような理由なのだろうか）

「……さま」

考え事をしながらぼんやり歩いていた太一郎は、喜助の呼びかけにもしばらく気づかなかった。

「旦那さま」

「なんだ？」

「だ、旦那さまは……」

気づいて驚いたのは、お城がもうすぐそこまで近づいたときである。

「無理するな、喜助」

「へ？」

「若でいいよ」

太一郎は苦笑した。

「さっきは、綾乃の手前ああ言ったが、俺はまだまだ若造だからな」

「………」

「で、なんだ、改まって？」

「香奈枝さまのことを、お気になさっておいでのようでしたので……」

「母上がなにか？」

「やはり、ご存知ないのですね。香奈枝さまは……」

「やめよ、喜助」

自ら訊ねておきながら、だが言いかける喜助を、太一郎は止めた。

「母上のことなら、俺が直接母上にお訊ねする。余人の口からは聞きとうない」

「は、はい」

「お前も、告げ口などやめておけ」

「申しわけございません」

喜助は素直に頭を下げた。

亡父の代から来嶋家に仕える喜助は、歳も父の慶太郎に近かったから、そろそろ五十になる筈だ。息子の成長を見守る父親のような気持ちで太一郎に接してきたが、いまや心身共に立派に育ってくれたことが嬉しいのだろう。窘《たしな》められて恐縮しながら、その目は僅かに潤んでいた。

二

徒目付《かちめつけ》という役職は、本来二百石以下の御家人《ごけにん》が務める役目だが、なにかと実入りが多いため、貧乏旗本にとっても憧れの職だ。

主な役目は城内の警備だが、ときによっては目付の下役として諸役人の内偵なども行うため、付け届け、賄賂《わいろ》の類《たぐい》も少なくない。俸禄の少ない御家人には、それも大切な生活の糧《かて》である。それ故大半の組士は、なまじ昇進して別の部署に移るよりも、長くこの役目にとどまることを望む。

太一郎は、今年からその徒目付の組頭に昇進した。

二十代の若さで組頭とは異例の出世とも思えるが、御家人ばかりの組士の中では唯一の旗本当主であったし、三人いる組頭の一人が急逝《きゅうせい》したための順当な人事でもあった。

但《ただ》し、一度配属されると滅多に去る者はなく、長くとどまる職場であるため、総勢八十名の組士も、他の二人の組頭も、太一郎にとっては皆、親くらいの年齢の者ばかりだ。中には、祖父くらいの年齢の者もいる。

当然、組士たちからは、親しみと嘲弄《ちょうろう》をこめて、

「若」

と呼ばれていたし、同僚である二人の組頭からも、あからさまに小倅《こせがれ》扱いされている。

当然、居心地はあまりよくない。

徒目付の番所は本丸御殿の玄関右側に設置され、その奥に組頭の執務室がある。

目付部屋の二階にも組頭の詰める部屋があり、ここには、老中《ろうじゅう》・若年寄《わかどしより》から発せられた命《めい》が、目付経由で伝えられる。役目の性質上、知られてはならぬ密命であることが多く、組頭は組士である徒目付の誰かにその内偵を命じ、命じられた徒目付は、自ら、ときには配下の小人《こびと》目付・黒鍬者《くろくわもの》などを駆使して職務にあたる。

役目の内容によっては、老中・若年寄が組頭や徒目付を呼んで直接命《めい》を下すこともあるため、身分は低くとも、老中・若年寄に顔を覚えられる機会も多い。

幸か不幸か、太一郎がこの役に就いてから、未だ面倒な密命を承《うけたまわ》る機会はなく、若年寄と顔を合わせることもなかった。

(できれば、お会いしたくないものだ)

心の底から、太一郎は願っていた。

父の慶太郎を、不慮《ふりょ》の事故も同然に喪《うしな》っている。

まだ幼かった自分たち兄弟を女手一つで育ててきた母と同じ苦労を、理由はわからぬが、数ある条件のよい縁談を蹴ってまで格下の来嶋家に嫁いできてくれた綾乃には味わわせたくない。危険な密命を帯びれば、或いは命のやりとりをすることになるかもしれず、妻や子を遺して早死《はやじ》にする羽目に陥《おちい》るかもしれない。それだけは、避けたかった。

徒目付の番所の前を通る際、既に出仕していた組士たちに挨拶をしてから、太一郎は組頭の詰所に入った。

「おはようございます」

既に執務に就いている二人の先輩に挨拶し、己の席に着こうとすると、

「太一郎は当番所へ行ってくれ」

組頭の一人、林彦右衛門《はやしひこえもん》が笑顔で言った。林は当年五十。まさに、太一郎の父親

ほどの年齢である。もう一人の組頭・森久蔵《もりきゆうぞう》も、林とほぼ同年。太一郎に否《い》やはない。

「それと、今夜の宿直、代わってくれ」

林の言葉のあとを追うように、すかさず、森も言う。

「はい。承《うけたまわ》りました」

恭《うやうや》しく応じ、太一郎は二人に一礼して組頭の詰所を出た。不満顔など間違っても見せない。

(また二階か)

当番所とは、老中・若年寄からの指令が届けられる二階の部屋のことである。

(やれやれ……その上、宿直とは……)

正直、二階の当番所へはあまり行きたくない。だが、今年の四月、三人目の組頭に就任してから、当番所勤めは専《もっぱ》ら太一郎の仕事となっている。林も森も、徒目付ひと筋三十年の古参である。この役目を知り抜いているが故に、極力面倒なことには関わりたくない、と思っている。

それくらい、老中・若年寄からの命《めい》など厄介《やっかい》極まりないと思われているのだ。

新参の太一郎は、古参で年長者の二人には逆らえない。

（今日も一日、何事もありませんように――）

まじないでも唱える気持ちで強く心に念じながら、太一郎は当番所の席に着いた。広々とした室内に、ぽつんと一つ、事務を執るための机が置かれているほか、なにもない。なにもないし、他には誰もいない。独りぼっちではあるものの、いやな相手と同席する気まずさがないぶん、ましではないか、と太一郎は己に言い聞かせた。老中・若年寄からの密命が下らぬ限り、当番所は存外心地よい職場なのだ。

そう自らに言い聞かせながら、太一郎は蒔絵《まきえ》の手文庫の中から、青い背表紙の冊子を取り出した。別に、重要な書類でもなんでもない。巷《ちまた》で流行《はや》っている、くだらない読本《よみほん》だ。だが、今日も一日、何事もなく、これを読んで過ごせたらいい、と思いながら、太一郎は冊子を開いた。

三

昼に喜助が届けてくれた弁当を食べると、少し眠くなった。

昨日は非番でゆっくり休めたが、夕刻近くに黎二郎が来て諍《いさか》いになった。

諍いをするつもりで呼んだわけではなく、じっくり話をするつもりだった。だが、話していううちについカッとなり、手を出してしまった。母の言うとおり、当主としても、長兄としても、以《もっ》ての外《ほか》というものだった。

（矢張り、俺は駄目だ）

仮に母が黎二郎を依怙贔屓していたとしても、自分が来嶋家の当主であることに変わりはないのだ。一家の当主が、感情的になって一方的に弟を詰《なじ》るなど、恥ずべき行為というほかはない。

忸怩《じくじ》たる思いでなかなか寝付かれず、結局明け方近く、僅かにうとうとしただけで起床の時刻がきた。

（駄目な兄貴だ）

思った瞬間、耳許で、

コトッ、

となにか、物の落ちる音がした。

それきり、意識が混濁する。

「おい、若造ッ」

不意に耳許で怒鳴られ、太一郎は画然《かくぜん》目を覚ました。

「殿中にてお勤めの最中に居眠りをするなど、言語道断。なんという、怠慢じゃッ」

目の前に、真っ赤な顔で怒号を発する男がいる。鬢《びん》に白いものが混じる初老の男だ。

「いますぐ成敗してくれるぞ、この不届き者がッ」

「え？」

太一郎は忽ち凍りつく。だが、

（誰だ、この男は？）

すぐに、当然の疑問にぶつかった。

この部屋に自由に出入りできる者といえば、おのずと限られてくる。同じ城勤めをしていても、身分も役目も違う者が、勝手に他の部署を覗くことは厳しく禁じられているのだ。

「あ、あの、お手前は？」

「儂《わし》は、若年寄青山《あおやま》様の命《めい》を承《う》けてまいった。そのほう、徒目付の組頭であろう」

「は、はいッ！」

太一郎は更に仰天《ぎょうてん》する。

いよいよ来たか、という思いよりも、こんなに唐突に来るものかという驚きのほうが大きい。

「これは、失礼仕《つかまつ》りました」

（果たして、どのようなお役目であろうか）

とにかく、威儀を正して相手の言葉を待つ。

「はは…恐れ入っておるな、小僧」

だがその男は、緊張に強張《こわば》った太一郎の顔をじっと凝視しつつ、ニヤニヤ笑っている。

（そうは言うが……）

太一郎は内心困惑する。

若年寄の名を出されて恐れ入らず、平然としていられる者がいるというなら、一度お目にかかりたい。

「惜《お》しや、惜しや、小僧……ふっふぉふぉふぉふぉ……」

男は、なお太一郎を揶揄《やゆ》し、哄笑《こうしょう》を発する。

（なんだ、こいつ——）

目を伏せて男の視線を避けながら、太一郎は内心憮然とした。

一体なんなのだ。それに、若年寄からの命を伝えに来たにしては、どうも様子がおかしい。顔が赤いのは、或いは酒でも呑んでいるからではないかと太一郎が疑いかけたとき、

「のう、そのほう、存じておるか？」

男はふと真顔《まがお》になり、声を落として意味深に問いかけてきた。

「このお城の地下には、秘密の地下牢があるんじゃ」

「はぁ？」

「一度《ひとたび》投獄されれば、生きては二度と出られぬ牢じゃ。なんのための牢か、うぬにわかるか？」

「いいえ」

太一郎は仕方なく首を振る。

「教えてやろう。それはのう、役目の最中居眠りした者を捕らえて罰するための牢じゃ。ふはははは……」

「…………」

男の高笑いを、太一郎は茫然と聞いていた。到底正気とは思えなかった。

(やはり、酔っているのか？……それとも、気がふれているのか)

半ば驚き、半ば呆れていると、

「や、こんなところに！」

「海老名《えびな》殿ッ」

男が入るとき開けっ放しにした襖《ふすま》の外から、口々に叫ぶ声がする。

襖が更に大きく開け放され、裃《かみしも》をつけた若い武士が二人、息を切らして飛び込んできた。

「何《いず》れにおられるかと思えば……」

「さ、戻りましょう、海老名殿」

初老の男を両側から抱えるようにしてその腕をとり、裃の二人はその男を促した。

「これはこれはお二方とも、大儀であるな」

裃役の二人に対して、全く悪びれぬ調子で男は言い、促されるままに部屋を出て行く。

言葉つきこそ丁寧だが、年配者をぞんざいに捕らえて強引に連れ出そうとするのは些か異様である。

「あ、あの……そのお方は?……若年寄・青山様の配下と名乗っておられましたが……」

その様子を奇異に感じた太一郎は、思いきって裃役の二人に問いかけた。

裃を着用して執務に当たるのは、御小納戸役《おこなんどやく》や御小姓役《おこしょうやく》など、より上様《うえさま》に近い、高位の身分の者たちだ。徒目付のような小役人は、組頭と雖《いえど》も、羽織袴《はおりはかま》での勤務となる。

二人は揃って太一郎を振り向き、互いに顔を見合わせた。

「貴殿は、徒目付の組頭であられるな？」

「如何にも」

「では、なにも見なかったことにしていただけまいか？」

「は？」

「見てのとおり、この御方は正気ではござらぬ」

「…………」

「いや、ご城内で突如気《き》の病《やまい》を患《わずら》われての。一人で帰すわけにはゆかぬので家から迎えが来るまで、我らが見張っておるのじゃ」

「ちょっと目を離した隙に、出て行かれてのう」

「さ、左様でございましたか」

「この御方の名誉にもかかわること故、他言無用に願えまいか？」

「もとより、そういうご事情でしたら……」

「では、上役の目付殿にも報告無用に願いたい」

「そ、それは……」

困惑した太一郎の返事を待たず、二人はさっさとその男を部屋から連れ出す。だが連れ出される寸前で、海老名と呼ばれた初老の男は、

「おお〜、そこな軽輩――」

不意に太一郎を顧みた。

「覚えておくがよいぞ」

両側からしっかり抱えられながらも、上機嫌の様子で海老名は言う。

「ご城内では、数々の不思議が起こるものじゃ。己の目と耳だけを頼りにしてはならんぞ。己の目と耳、これほど信用のおけぬものはないからのう」

海老名の言葉つきはどこまでも楽しげであった。それでいて、太一郎を見据える両目の眼光は鋭く、爛々《らんらん》と輝いている。正気と言われれば正気に見えぬこともないが、正気でないと言われればなるほどと納得する。

服装は、黒紋付きの羽織に仙台平《せんだいひら》の袴。それ自体はなかなか上等な身なりだが、裃役ではないところをみると、太一郎と同程度の小役人なのだろうか。だが、だとしたら、彼より身分の高い裃役の者が二人も彼の介助役についているというのは、一体どういうことなのだろう。

「忘れるなよ、小僧。己の目を信じてはならぬぞ〜ッ」

裃役たちからグイグイと手を引かれながら、海老名は部屋の外へと連れ出された。

二人の裃役は、金輪際《こんりんざい》太一郎のほうを振り向きもしなかった。

（なんだったんだ、一体……）

三人の足音が遠く廊下を去り、再び物音一つしない静寂が室内に戻ってから、太一郎は部屋の襖を閉めるためにふと立ち上がった。閉める際、彼らが去ったあとを茫然と見つめた。城内で異変が生じた場合、なにをおいても上役に報告すべきである。だが、目付には報告無用と言われてしまった。こういうとき、迂闊に口を開くべきでない、ということは、城勤めをする中で、なんとなく学んできた。だが、

（それでいいのか？）

太一郎は自問したが、答えはでなかった。

四

「聞いたか、海老名殿のこと」

「ああ、ひどい話だな」

目付たちの詰所から漏れてくる話し声を耳にすると、太一郎の足は無意識に止まっ

た。

海老名という名に、聞き覚えがあったからだ。もとより、理由もなく、上役たちの話を立ち聞きするような太一郎ではない。

「丸三日も寝ずにお城に詰めていたそうだぞ」

「御台所《おだいどころ》にかかる経費を、いまの半分に減らすよう命じられたということじゃ」

「いくらなんでも、半分とは無茶な話じゃ」

「倹約倹約と、度が過ぎるわ」

「おい、滅多なことを言うな。ご老中の耳に入ったら、なんとする」

「ご老中が厳しすぎるのは間違いない。……先の田沼《たぬま》さまの頃のほうがよかったなどと、下々《しもじも》までが噂している」

「まったくのう」

そこまでならば、他愛もない雑談に過ぎなかったろう。太一郎の足は自然と動き出した筈だ。が、

「そういえば、来嶋の家では、息子があとを継いだようだな」

「来嶋とは、あの、来嶋か？」

「ああ、小普請方吟味役《こぶしんがたぎんみやく》の――」

「来嶋慶太郎か？」

（え？）

相も変わらぬ噂話と思い、太一郎がその場を離れようとしたとき、思いがけぬ名が耳に飛び込んできた。日頃親しくしているわけでもない目付たちの口からその名が飛び出したことに、太一郎は驚いた。或いは、聞き間違いかとも思った。

「まだ若いのに、気の毒だったな」

「まさか、あんなにあっさり消されるとはのう」

「別に、田沼様の腹心というわけではなかったのだろう」

「皆への見せしめよ。疑わしき者は殺してしまえ、ということだろう。あの御方らしいやり方だ」

（なんだ？　一体なんの話だ？）

太一郎の足はその場に凍りつき、耳は、中から漏れ聞こえる声を僅かでも聞き逃すまいと欹《そばだ》てられた。

「そういえば、来嶋の息子、春から組頭に出世したそうだ」

「本当か？　まだ二十代だろう？」

「それが、あの御方のお声掛かりらしいのだ」

「そうでなければ、いくらなんでも、早過ぎる出世だろう」

「まさか」

「まさか、罪悪感から？」

「あの闇公方《やみくぼう》に、そんなものがあるか」

「いや、わからぬぞ。あの御方とて、人間だ」

「敵となりそうな者を取り込んでしまうのも、闇公方様のいつものやり方ではないか」

「だが、それなら来嶋も、あの世で安堵していよう」

「なんの、それくらいで、来嶋の無念は晴れまいよ」

（なんだ、なんだ？……あの御方……闇公方とは一体誰のことだ？）

太一郎は懸命に堪《こら》えていた。できればいますぐ襖を開け放ち、中に飛び込んで、話の続きを聞きたい、と思う欲求に——。

（それより、父上が消されたとか、殺されたとか……どういうことだ？）

自らの激しい欲求を必死で堪え、太一郎はなんとかその場を離れた。

「可惜《あたら》あの若さで……」

「子供たちもまだ幼いというのに、さぞや無念であったろうよ」

去り際、なお話しやめぬ目付たちの声音が、微《かす》かに太一郎の耳に届いた。

五

その夜は宿直で、翌朝交替の者が出仕するまで、太一郎は寝ずに詰所で過ごさねばならなかった。

とはいえ、詰所の納戸には夜具が常備されているので、交替で休むこともできる。

だが、戌《い》の刻過ぎ、自宅から届けられた弁当を食して後も太一郎には眠気が訪れず、休む気にはなれなかった。形ばかり夜具に横たわったが結局朝までまんじりともできず、そのまま交替の時刻を迎えた。

（どういうことだ？）

迎えに来ていた喜助が揃える履物に足を下ろすときも、太一郎の頭の中はそのことでいっぱいだった。

玄関口は、交替で下城する旗本・御家人たちでごった返している。

その人混みの中をくぐり抜け、太一郎は中の門から大手門に出、そこから真っ直ぐ、神田の自宅へ向かった。

直ちに帰宅して、母に、事の真偽を問い質《ただ》したい。

「若……いえ、旦那様、お待ちを。……お待ちくださいませ」

喜助が苦情を述べるほどに、太一郎の歩みは速かった。殆ど小走りになっていた。

（母上に聞けば、なにかわかる筈……）

喜助の言葉も耳に入らず、一途に先を急いでいた太一郎の気が、ふと変わった。

（いや、母上に訊くのはまずいかもしれん）

母の香奈枝が、もし父の死に纏《まつ》わる秘事を、承知の上で太一郎らに隠してきたのだとしたら、容易に話してはくれないだろう。

（況《ま》してや、あの母上のことだ）

香奈枝が聡明な婦人であることは、充分に承知している。重大な秘事を明かすどころか、逆に叱責されかねない。

（では、どうする？）

しばし逡巡し、

（ならば、叔父《おじ》上に訊こう）

割と早めに決断を下した。

そうと決まれば、神田橋を渡って真っ直ぐ進み、鍛冶町の辻を左へ折れるべきところ、更に真っ直ぐ進めばいい。

数年前まで来嶋家の当主であった叔父・徹次郎《てつじろう》は、家督を太一郎に譲って若隠居した後、向島《むこうじま》の寮で暮らしている。

「若、ど、どちらへッ？」

慌ててあとを追う喜助は、狼狽のあまり、最早《もはや》太一郎のことを「若」としか呼べない。

「叔父上のところへ行く」

振り向きもせずに背中から応え、太一郎は歩き続けた。

その前夜も睡眠不足で、前夜はほぼ一睡もしていない状態でありながら、少しも不調をおぼえることなく、太一郎は歩いた。宿直明けで自宅へ直行すれば、非番の太一郎は終日在宅であるため、楽ができると思っていた喜助には可哀想だが、仕方ない。

徹次郎は、父の慶太郎にとっては異母弟にあたる。

祖父が、深川《ふかがわ》の辰巳《たつみ》芸者に産ませた子だと聞いているが、真偽の程はさだかでない。そういうことを、根掘り葉掘り穿鑿《せんさく》せぬのが侍というものだと、最初は父に、その後は母に教えられて太一郎は育った。

ただ、幼心にも、父の慶太郎とはあまり似ていないように思った。無骨な屈強漢であった父とは違い、骨が細く色白で、若い頃には美女かと見紛うほど繊弱な美貌の持ち主だった。四十を過ぎたいまも、その美男ぶりに変わりはない。

（黎二郎の奴は、叔父上に似ている）

徹次郎と相対する度《たび》、太一郎は思わずにはいられなかった。

黎二郎は、その立派な体格こそ慶太郎似であったが、顔だち自体はさほど似ておらず、寧《むし》ろ顔だちだけなら太一郎のほうがよく似ている。

ただ、若い頃から剣術は苦手であったという徹次郎と違い、黎二郎には羨ましいほどの剣才があった。二つ年下の弟に、道場では到底かなわなかった苦い思い出をもつ太一郎にとっては、よく似た顔でも、黎二郎よりずっと気性の穏やかな叔父と対しているほうが、なんとなく、落ち着く。

「どうした、太一郎、朝早くから一体何の用だ？」

徹次郎は、おそらく太一郎の急な来訪で起こされた筈だが嫌な顔一つせず、愛想のいい笑顔を見せた。

その穏やかな笑顔に、太一郎は内心安堵した。昨夜から、張りつめきっていた気持ちがほぐれ、言葉が、意外に容易《たやす》く口をついて出た。

「なるほど、それで儂のとこへ来たわけか」

一頻《ひとしき》り、黙って太一郎の話を聞いたあとで、いつもどおり静かな口調で徹次郎は言った。

話の途中、彼と一緒に暮らしている女が茶を運んできた。芸者あがりだろうか。三十がらみで、色気が着物を着ているかと思うほど艶《あで》やかな女だった。

来嶋家の家督を継ぐ際、縁談は数多く持ち込まれた筈だが、徹次郎は結局妻を娶《めと》らなかった。妻帯して子をなしてしまうと、来嶋の家を太一郎に戻すことが難しくなる、と思ったためだろう。無欲で、ひたすら亡き兄の子たちの先行きを案じるばかりの叔父だった。

「まだ誰にも、話していないのだな？」

二人の前に茶碗を置いた女が部屋を出て行くのを待って、徹次郎は問うた。

「はい」

「それはよい了見であった」

太一郎の返答に深く肯《うなず》きつつ、徹次郎は呟く。

両目を閉じ、己の中で、そのことをじっくり反芻《はんすう》しているかのような顔つきだった。

（やはり、そうなのか――）

太一郎が反射的に思った次の瞬間、

「たわけッ」

その静かな風貌には似ぬ声で一喝され、太一郎は戦《おのの》いた。そんな叔父の顔を見るのははじめてだった。

「ご城内にて小耳に挟んだ与太話《よたばなし》を本気にするとは、なんという愚かさだ。嘆かわしいぞ、太一郎」

「な、なれど、叔父上、話していたのは、事情通である目付の方々ですぞ」

はじめてまのあたりにする叔父の激昂に戦きながらも、太一郎は懸命に食い下がる。

太一郎とて、それなりの覚悟をもってここへ来た。一喝で引き下がれるほど、軽い問題だとは思っていない。

「では、何故その事情通の目付の方々に、その場で問い質さなんだのじゃ?」

「それは……」

「貴様とて、半信半疑であったが故だろう」

「…………」

「違うか?」

鋭く問われて、太一郎は応えに窮した。

徹次郎は、自ら気を静めようとするのか、女の淹《い》れてきた茶をひと口含み、深く息を吐く。

「太一郎」

「はい」

恐る恐る見返すと、

「そのような与太話、断じて香奈枝殿の耳には入れるでないぞ。もし一言でも口にすれば、儂はそなたを許さぬ」

口調こそ抑え気味ながら、なお甚《はなは》だしい怒りを湛《たた》えた目で、徹次郎は太一郎を見据えていた。それ以上、一言とて言い返せる余地はなかった。

(本当に、ただの与太話なのだろうか)

叔父の許を辞去してから、太一郎はしばらく無言で歩き続けた。

そのときの叔父の凄《すさ》まじい剣幕は、到底一日二日で忘れられるほど生易《なまやさ》しいものではなかった。与太話であるなら、笑いとばせばすむことだ。それを、日頃穏やかな叔父があまで激したということは、それが真実にほかならないからではないのか。

(真実だからこそ、隠そうとする)

そう確信したとき、

「若、若ッ」

太一郎の耳許に、喜助が必死で呼びかけていることに気づいた。

「なんだ？」

「尾行《つ》けられておりますぞ」

「なに？」

太一郎は漸《ようや》く我に返り、小さく喜助を顧みる。

「徹次郎さまのお宅を出てから、ずっと——」

「ずっと、尾行けられていたのか？」

「気がつかなかっただけで、もしかしたら、お城を出たときから尾行けられていたのかもしれませぬ」

「なんだと！」

思わず足を止め、振り向こうとする太一郎を、だが喜助は懸命に制止した。

「いけません、若」

「何故だ？　何処の誰が俺を尾行けてくるのか、確かめねば……」

「若の見知った者が、こそこそ尾行けてくるわけがありますまい。顔を見たって、どうせ、何処の誰だか、わかりゃしませんよ」

太一郎の背を押して振り返らせまいとしながら、喜助は言い募る。

「だが、顔くらい見ておかねば――」

「万一刺客《しかく》であったなら、なんといたします」

「刺客？」

「刺客は、こちらが尾行けられていることを知れば、直《ただ》ちに行動を起こしますするぞ」

「………」

太一郎は絶句した。

喜助の口ぶりは、かつて一度や二度は刺客に襲われたことのある経験者のものとしか思えなかった。では喜助は、何時何処で、そんな経験をしたのか。

（そうか……迂闊《うかつ》だった）

太一郎は、漸《ようや》くそのことに思いあたった。

「あの日、お前は父上の供をしていたのか？」

喜助に促されるまま歩を進めながら、背中から問うが、返事はない。

「父上が、酔漢の喧嘩に巻き込まれて亡くなられたとき、お前は父上の供をしていたのだろう、喜助？」

「…………」

応えぬ喜助に焦れて、太一郎は小さく彼を顧みた。喜助は最早主人を制止しようとはしなかった。顧みたとき、慌てて商家の軒下に足を止め、そのまま辻を折れて行く黒っぽい人影が見えた。無紋の黒紋服に編み笠をかぶった武士であることが、かろうじて確認できた。

（刺客？）

太一郎が首を傾げたのは、その人物が刺客か否かを疑ったというより、これまで自分には縁のなかったものが俄《にわか》に現実味を帯びて近づいてきたことに対する、純粋な驚きからだった。

第二章　母上、他行《たぎよう》中

一

「お〜い、香奈枝」

玄関先で、慶太郎の声がする。

いつもながら、あたり憚《はばか》らぬ大声だ。隣近所にも、当然筒抜けだ。

「お帰りなさいませ」

香奈枝が慌てて迎えに出ると、真新しい竹馬を肩に担いだ慶太郎が満面の笑みを見せて立っている。

「どうなさったのです、その竹馬は？」

「順三郎用の竹馬だ。喜助の実家の兄に頼んで作ってもらった。日暮里《につぽり》の喜助の実家は、家の近所が竹藪だらけだそうだ」

「順三郎にはまだ早うございます。それに、竹馬ならば、太一郎や黎二郎のものがございますのに――」

「あれはもう古い。順三郎が乗れるようになる頃には、もうボロボロじゃ」

「でしたら、そのときになってから作らせればよいのに」

「よいではないか。順三郎は一人歳が離れている故、物心つく頃には遊び相手がおらぬ。太一郎と黎二郎は歳が近い故、よい遊び相手になったが、歳の近い兄弟のおらぬ順三郎が不憫じゃ」

「ならば、順三郎にも歳の近い弟をつくってやるというのはいかがでございます?」

「お……」

妻の言葉に虚を衝かれた慶太郎は、絶句してその美しい顔に見入る。

香奈枝は香奈枝で、自らが発した大胆な言葉に驚き、顔を赤らめた。

「父上、お帰りでございますか」

「父上、稽古をお願いしますッ」

元気な足音とともに、さほど広くもない屋敷中に響くような声を発しながら、太一郎と黎二郎が玄関先へと駆けてくる。

「これ、二人とも、お行儀が悪い」

香奈枝は息子たちを見るやいなや、厳しい叱声を発する。

「それになんですか。順三郎を見ているように申しつけた筈ですよ」

「申しわけありません」

「順三郎は寝てしまいましたので、お杉《すぎ》が寝所へ連れて行きました」

先ずは素直に謝る十一歳の太一郎と、母の叱声を怖れるでもなくもっともな言い訳を述べる九歳の黎二郎。ともに利発な少年であるが、同じ父母をもつ兄弟でありながら、こうも性格が違うものか。

「立ったまま、父上にご挨拶する者がありますか」

更に母の叱責を受け、さすがに二人はその場に膝をついた。武士の子らしく威儀を正し、

「お帰りなさいませ」

異口同音に頭を下げる。

「おう、帰ったぞ」

その様子に、慶太郎は大満足であった。

「早速、稽古をつけてやろう」

「あ……」

「本当ですか！」

少年たちの顔が、忽ち喜色に染められる。

「いけません。父上はお勤めから帰られたばかりで、とてもお疲れなのです」

こんなとき、自分が悪役になると承知の上で、香奈枝は冷たく水を差す。

「稽古は明日になさい」

「え〜ッ」

少年たちは異口同音に不満の声を漏らす。

「俺なら大丈夫だぞ、香奈枝」

「いいえ、宿直《とのい》明けに、ご無理をなさってはいけませぬ。明日は非番なのですから、終日相手をしてやればよろしいではありませぬか」

「それはそうだが――」

「本日は、ゆるりとお休みくださいませ」

「ん…うん」

「そなたたちも、よいですね？　父上のお稽古は、明日ですよ」

香奈枝に念を押されて、

「はい……」

異口同音に少年たちは応え、力なく肯《うなず》いた。

「では、おさがりなさい」

「………」

母に厳しく促されてトボトボと戻って行くさまは、勇躍玄関口に飛び出してきた最前の二人とは、まるで別人のようである。

「可哀想ではないか」

奥へ引っ込んで行く少年たちの後ろ姿を妻とともに見送りながら、慶太郎が言った。

「そなたは子らに厳しすぎるぞ」

「………」

「香奈枝？」

渡された二刀を袖に捧げもちながら、俯《うつむ》いて黙り込んでしまった香奈枝を、慶太郎は怪訝そうに覗き込む。

「どうした？」

「あなたは、私に対して厳しすぎます」

「え？」

「子が生まれてからは、いつもいつも、子らのことばかり。私のことは二の次でございます」

「そんなことはない」

思いがけず強い語調で慶太郎は言った。

「いいえ、そうなのです」

「そんなことはないぞ、香奈枝。儂はいつでも、そなたのことを一番に――」

「では、よろしゅうございますか？」

「なにがだ？」

「順三郎に年の近い弟をつくってやる件でございます」

顔を俯けたまま早口に言うと、香奈枝は刀を抱いて奥へと去った。平素は白蠟《はくろう》の如き項《うなじ》も耳も、火に触れたかのように赤く染まっていたことに、果たして慶太郎は気づいていたろうか。

「香奈枝」

「湯が沸いております」

走り去る際、香奈枝が言い残した言葉は辛うじて聞き取れたが、そのときには、慶太郎の首筋もまた、酒を食らったような朱に染まっていた。

三百石の旗本・小普請方吟味役の来嶋慶太郎が家督を継いだのは、二十五の歳だった。父の亀二郎忠達《かめじろうただたつ》が、五十前の若さで夭折《ようせつ》したためだが、長男の慶太郎忠善《ただよし》は、既にこの数年前から小姓組番衆に出仕しており、前年には妻も娶っていた。そのため、相続についてはなんの問題もなかった。

香奈枝は、ほぼ同程度の家格の家から嫁入りし、嫁入りしたときには既に慶太郎の生母は他界していたため、嫁姑《よめしゅうとめ》の苦労をせずにすんだ。

当時は、異母弟・徹次郎の母という女が、亀二郎の身のまわりの世話をしていたが、慶太郎が家督を継ぐと居辛さを感じたのか、商家の隠居たちが好んで住まう向島《むこうじま》のほうに小さな寮を建ててもらい、息子とともに移って行った。

故に、香奈枝の新婚生活は、幸福そのものだった。

元々、相思相愛の相手に嫁いだのだ。

お伽噺《とぎばなし》のような幸せが真実のものになるなどとは、香奈枝とて夢にも思っていなかった。どんなに相思相愛であろうとも、暮らしをともにすればなにがしかの諍《いさか》いは起こる。

だが香奈枝は、十七で来嶋家に嫁いで以来、いやな思いをしたこともなければ、夫の慶太郎と諍いをしたこともない。

次々と子にも恵まれ、本当に幸せな、幸せな毎日だった。己の幸せを、疑ったこともなかった、あの日までは——。

「父上は、まだお帰りになられないのですか?」

太一郎に訊かれたとき、正直香奈枝は、故のない胸騒ぎに襲われていた。

宿直明けではないので、下城は七ツ過ぎになる筈だった。だが、同輩や上役に誘われれば、帰りに一杯くらいつきあわぬこともないだろう。

「お勤めが長びいているのかもしれません。お前たちはもう休みなさい」

五ツを過ぎてもまだ帰宅しない慶太郎を案じる太一郎に、極力平静を装って香奈枝は言った。

「母上は、心配ではないのですか」

太一郎の背後から、やや強い語調で黎二郎が言い募ってきたときは、さすがに胸が激しく波立った。

「お黙りなさいッ」

だから、つい頭ごなしに叱りつけた。

「いいから、早く、休むのです」

母の語気の強さに、常とは違う剣呑《けんのん》さを感じたのだろう。太一郎と黎二郎は、ともに自分たちの寝間へと下がって行った。

まんじりともせず、終夜夫の帰りを待っていた香奈枝の許に、町方《まちかた》の者が最悪の報《しら》せをもたらしたのは、翌朝五ツ過ぎのことだった。

夫が家族に何も告げぬまま終夜帰らず、町方の者が屋敷を訪れるということの意味は、容易に察せられた。

「来嶋慶太郎殿とおぼしきお方のご遺体が、麹《こうじ》町の番屋に運ばれております。おいでいただけますか？」

「番屋に行って、遺体を確認せよ、ということですね」

気丈に応えながらも、香奈枝は何故自分が気丈でいられるのか、それすらわからなかった。

それから、町方の者に連れられて番屋に行き、筵《むしろ》をかけられた夫の遺体と対面するまで、そして、

「夫、来嶋慶太郎に間違いありません」

と答えた後のことは、正直よく覚えていない。香奈枝がよく覚えている慶太郎の顔は、最後に見た死に顔ではなく、その前日、

「行ってくる」

といつもどおり式台の上で告げ、チラッと笑顔を見せて家を出たときの夫の顔だった。

二

(あなた)

やがて線香の火が燃え尽き、仏壇の蠟燭《ろうそく》を消してからも、香奈枝はなおしばらく、そこに座っていた。

(あなたは結局約束を守ってくださらなかったけど、私はこうして、毎日あなたの菩《ぼ》提《だい》を弔っておりますよ)

心の中で夫に話しかける時間が、日に日に長くなっている。いくら話しかけても返事はなく、一方通行であるにもかかわらず、話は尽きない。

(ね、偉いでしょ、あなた。それに、息子たちもみんな、立派に育ったし……黎二郎はちょっと、なんだけど、でも、見かけほど悪くはないし、部屋住みなんだから、まあ仕方ないでしょう)

香奈枝は少しく言い訳する。

もとより、夫はなにも答えないが、それについてはあまり答えてほしくはないのでちょうどよい。

（それなのにあなたときたら、一人で勝手にそちらへ行っておしまいになって、何一つ、私に応えてはくださらない。褒めても、くださらないんだから……）

恨み言も、言う。

（だから、いいでしょう）

もう一度、仏壇に向かって手を合わせてから、やがてゆっくりと香奈枝は立ち上がる。

（私が多少羽目を外したって、ゆるしてくださるわよね、あなた）

仏間を出るときには、貞淑な未亡人の顔が、なにか企む悪戯《いたずら》な小動物の表情に変わっていた。

その半刻後――。

香奈枝は、同じ年頃の武家の妻女数人と、中村座《なかむらざ》の桟敷《さじき》席にいた。

芝居見物であるから、当然皆、倹約令にひっかからない範囲内で精一杯着飾っている。

「団十郎《だんじゅうろう》の助六《すけろく》は、いつ見ても、惚れ惚れいたしますわねぇ」

鉄漿《かね》の塗られた歯を僅かに見せて、肉付きのよい中年婦人が言えば、

「本当に――」

「花道の出も、先代より派手になりましたわね」

他の二人の妻女も口々に和した。

「百合《ゆり》様は、団十郎贔屓《びいき》ですものね」

香奈枝は楽しげに微笑《ほほえ》んでいる。

百合というのがその肉付きのよい婦人の名である。二千石の旗本の妻女で、皆の中では最も夫の禄高が高い。

二千石の旗本当主の妻だけに、一見羽振りがよさそうだが、派手な裾《すそ》模様の入った上等の黒縮緬《くろちりめん》は、よく見ればその裾模様の刺繍《ししゅう》が古びて、色が変わっている。

二千石ほどの旗本ともなれば、登城の折には、若党・槍持ち・草履取りに挟箱《はさみばこ》持ちと、最低でも四人の供揃えを従えねばならない。主人が騎馬であれば、当然その口取り役も必要になる。屋敷には、他にも用人・中間・下働きの者たちなど、少なく見積もっても十人以上の使用人が同居しているため、暮らし向きは必ずしも裕福とはい

えない。

少しでも俸禄の高い、よい役職に就くためには、若年寄など、それなりの力を持った方々への挨拶は欠かせない。まさか手ぶらでは伺えないので、気のきいた手土産を用意する。となれば、また出費がかさむ。禄高が増えれば増えるだけ、札差《ふださし》への借金も増えてゆくというのが、この時代の武家の常識である。

本来なら、妻女も暢気《のんき》に芝居見物などしているどころではないのだが。

「でも、本当によろしいのですか？」

百合は、やや遠慮がちに香奈枝を見る。

「いつもお言葉に甘えてしまいまして――お席の手配からお弁当までなにもかも……」

「いいんですのよ、百合様。一人でお芝居を観たって、面白くもなんともありませんもの。皆様方におつきあいいただいて、こちらこそ、ありがたく思っております」

「そんな、香奈枝様……」

「それに、芝居の席は、息子からの心遣いなのです」

「まあ、ご子息からの？」

「そういえば、組頭にご出世されたのでしたわね」

「ええ。おかげさまで。……早くに夫を亡くして、いままで苦労して自分たちを育ててくれたのだから、せめてこれからは、人生を楽しんでほしい、などと申してくれまして」

「なんて素晴らしいご子息でしょう」

「羨ましいわ」

妻女たちは口々に言い、香奈枝は満足げに微笑んだ。無論、芝居の席は自ら茶屋を通して手配したものだが、それでは自慢話にならない。禄高も夫も地位もずっと格上の妻女たちから羨ましがられるのは、ほんの少し、よい気持ちだった。

終演後、通常桟敷の客は、茶屋の二階座敷に夕食を用意させ、酒宴を開くものだが、妻女たちは、さすがにそこまではつきあってくれない。

「今日は本当に有り難うございました」

と何度も礼を言い、帰って行った。

既に下城の時刻は過ぎている。帰宅する夫を出迎えるには少々遅いが、連れ添って二十年以上の古女房の出迎えがたまたま一日くらいなかったとしても、亭主は別に文句は言わないだろう。

たった一人の酒宴となったが、だからといって、淋しい独《ひと》り酒というわけでもない。事前に贔屓の役者を指名しておけば、着替えて舞台化粧を落とした役者が、訪ねてきてくれることもあるのだ。所謂《いわゆる》役者買い、というやつである。

団十郎級の人気役者はさすがに無理だが、世話物の女形《おやま》などでやっと役がつきはじめたばかりの若い役者なら、指名されれば大喜びでやってくる。

一人手酌で盃を重ねつつ、香奈枝が無聊《ぶりょう》を託《かこ》っていると、

「お待たせいたしました」

やがて襖が開き、薄紫の着物を着た痩身の若者が慎ましい物腰挙措《きょそ》で座敷に入ってくる。

「京弥《きょうや》」

香奈枝はその者の名を呼び、優しく微笑みかけた。

「本日のお初《はつ》役、見事でしたよ」

「ありがとうございます」

その者――市川《いちかわ》京弥は、忽ち香奈枝の傍《そば》まで躙《にじ》り寄り、その手から、酒器をとりあげてそっと注《つ》ぎかける。

注がれるままに、香奈枝は盃を干す。

「おながれをいただけますか？」

たっぷりと媚《こび》を含んだ調子で京弥は言い、香奈枝の手から盃を取る。香奈枝は黙ってその盃に酒を注いでやる。

「頂戴いたします」

言いざまひと息に飲み干し、空の盃を膳に置いて、京弥はやおら香奈枝の手をとった。そのまま香奈枝のすぐ脇へまわり込むと、

「ご厚情、感謝しております」

露を含んだ目で見つめてくる。

金まわりのよさそうな贔屓の客とは、長く密なつきあいをしたい。若い役者は必死だった。

その必死さが、裏目に出た。

「お慕いしております、奥方様、――」

耳許に低く囁くなり、香奈枝の肩に手をかけ、抱き寄せようとした。

役者買いをする女は、畢竟《ひっきょう》男が欲しいのだ。況《ま》してや男日照りの続く武家の未亡人であれば、贔屓の役者にそんなふうにされれば必ずおちる。京弥はそう信じていた。

だが――。

「奥方様じゃないのよ」

冷たく言い返すなり、香奈枝は京弥の手をあっさりふりほどき、

「私は後家なんですからね」

冷たく言い放つ。

「あ……」

京弥は忽ち赤面し、言葉を失う。贔屓客欲しさについ先走ったが、歳は十八。まだ
それほど女慣れはしていないのだ。

「そういう見えすいた口説きは、未通娘《おぼこ》でも相手になさい」

「も、申し訳ございません」

「私は、そんなつもりで、あなたを贔屓にしているわけではありませんよ」

「はい」

(息子と同い年の子を相手に、そんな気になれるわけがないじゃないの)

偏《ひとえ》に恐縮する京弥を、存外あたたかい目で見つめながら、香奈枝は思った。

「あなたの芸を、楽しみにしているのです」

「あ、ありがとうございます」

京弥は本気で感激した。

「上品そうな顔してても、女は所詮、役者の体がめあてなんだよ。せいぜい歓ばせてやれよ」

と兄弟子たちから教えられ、実際そういう女にもお目にかかったが、そうではない女も存在する。純粋に、自分の芸だけを愛してくれるという、美しい中年婦人を目の前にして、京弥の心は喜びに打ち震えた。

三

酒を少々過ごしたかもしれない。

駕籠《かご》の中で、香奈枝はしばし微酔《まどろ》んでいた。

「おい、そろそろいいだろ」

「ああ、いいだろ」

駕籠舁《かき》たちの低い話し声には、無論気づいていない。

ドンッ、
と突然の衝撃で香奈枝は目を覚ました。

（………）

香奈枝は無意識に懐剣に手をかけた。

乗物ごと、地面に放り出されたことは間違いない。それだけで、身に危険が迫っていることは容易に知れた。

次の瞬間、香奈枝は駕籠の簾《すだれ》を跳ね上げ、自ら外に出た。夜風に触れた途端《とたん》、酔いが覚め、体が無意識に対応する。

天空の月明かり以外、あたりに灯りはなく、人の気配もしないところをみると、無人の荒れ地に連れ込まれたことは間違いない。

「大丈夫ですかい、奥方様」

「お怪我はありませんか？」

駕籠舁たちは口々に言うが、月明かりに映えた顔には野卑な薄笑いが浮かんでいる。ともに、善良とは言い難い人相をしていた。

(茶屋に出入りの駕籠屋にしては、随分ガラの悪いのを雇っているわね)

乗る際チラッと思ったが、酔っていたし、これ以上帰宅が遅れてはさすがにまずいので、黙って乗り込んだ。そのうち、駕籠の揺れ加減に眠りを誘われ、うとうとと寝入ってしまった。

「お前たち、どういうつもりです」

柳眉《りゅうび》を逆立てて香奈枝が問い質すと、

「いえね、あっしらこのところちょいとばかりついてねえもんでしてね」

「ちょっとばかり、用立てていただきてえんですよ」

二人は口々に言い、更に卑屈な笑みを満面に漲《みなぎ》らせる。

「馬鹿を言いなさい。お前たちに用立てる金子《きんす》など、鐚《びた》一文ありません」

「そんなこたあ、ねえでしょう、奥方様」

「そうですよ。お役者買いできるほど、お金がありあまってるんでしょう。ちっとくらい、めぐんでくださっても罰《ばち》は当たりませんや」

(成程、私を裕福な武家の奥方と思うて、強請《ゆす》るつもりか)

もとより、駕籠を下ろされたときから、香奈枝には薄々察せられている。

懐剣を、密かに袂の内へと移動させつつ、

「お黙りなさいッ」

臆することなく、香奈枝は叱責した。

「お前たちのような者に与える金子など、鐚一文ないと言っているのです。婦女子を脅して金子を強奪しようなど、恥を知りなさいッ」

「な、なんだとう、このアマッ」

「痛ぇ目にあいてえのかよッ」

　駕籠舁たちは、さすがに顔色を変え、本来の邪悪な性質を剝き出しにして喚《わめ》く。

「こっちが下手《したで》に出てるうちにおとなしく言うこと聞いたほうが身のためだぜ、奥方様よ」

「なんなら、お屋敷までお使いに走ったっていいんですぜ。このままじゃ、大切な奥方様を無事にお返しできねえかもしれません、とでも言えば、いくらでも出してくれるんじゃねえですかね」

「お前たち、私を質《しち》に取るつもりか？」

「奥方様が素直に金をださねえってんだから、仕方ねえでしょ」

「ふん」

　香奈枝は鼻先に嘲《わら》う。

　そのときには既に、密かに袂の中で抜きはなった懐剣を、油断なく身構えている。

「できるものなら、やってご覧なさい」

「このアマッ」

「痛い思いしてもらうぜッ」

　言うなりいきなり距離を詰め、香奈枝に躍りかかってきた男の顔が、だが次の瞬間、

どひゅッ、

と夥《おびただ》しい血飛沫《ちしぶき》に包まれた。

殆ど身動《みじろ》ぎもせず不意に鋭く繰り出された懐剣の切っ尖が、男の下顎をザックリと傷つけたのだ。

「うわぁッ」

男は顔を押さえてその場に蹲《うずくま》り、香奈枝はすかさず身を屈《かが》める。男の後頭部を、懐剣の柄で強《した》かに殴りつけるためだ。

「ぐう……」

男は呆気なく昏倒した。

「こ、このアマッ」

相棒が瞬時にやられたのをまのあたりにして、もう一人の男は明らかに焦った。慌てて懐《ふところ》から匕首《あいくち》を取り出したが、取り出して、慣れぬ手つきで構えようとしたときには、素早くその懐に飛び込んだ香奈枝が、懐剣の切っ尖で、

カン！

と軽く、それを跳ね飛ばしている。

「わッ」

得物《えもの》を跳ね飛ばされた男は、驚き、そして直ちに後退《あとじさ》った。

「痛い思いをしたくなければ、直ちに立ち去りなさいッ」

「ひゃッ」

鋭く叱責されると、男は小首を竦《すく》め、小さく震える。

「どうなのです。血を流さねばわからぬのですかッ」

「へひぃ〜ッ」

数歩後退ったところで踵《きびす》を返すと、男は一途に走り出す。だが、

「お待ちなさいッ」

香奈枝に呼び止められ、ピタリとその場に足を止めた。

「この者を、連れて行きなさい」

足下に昏倒している男を切っ尖で示しつつ、香奈枝が冷ややかに命じると、

「…………」

男は言われるまま、意識を失った相棒を必死で助け起こした。

「熊《くま》…おい、熊ッ」

だが、どう揺さぶっても、耳許で名を呼んでも、なかなか正気を取り戻さぬ相棒を、
結局は抱え込むようにして助け起こし、辿々《たどたど》しい足どりで再び逃げ出す。

「ぐずぐずしていると、次は心の臓を抉《えぐ》りますよッ」

追い討ちを掛ける香奈枝の言葉に、男は必死に足を速める。

その後ろ姿を、笑いを堪えて香奈枝は見送った。

(さて……)

香奈枝は改めて周囲を見廻す。

(ここは何処だろう?)

月の位置を見れば、駕籠に乗ってからまだそれほどの時が経っていないことはわかる。

二人の駕籠舁は、浅はかな愚か者だった。

相手は女だ。少し脅せば簡単に金を出すだろうという安易な考えで行ったことだろうから、なにも考えず、たまたま通りかかった手頃な荒れ地に駕籠をおろしたのだろう。となれば、

(我が家に向かう途中の何処かであろうか)

と考えるのが自然である。

が、奴らも茶屋に出入りの駕籠舁だ。或いは、はじめからこの凶行を計画していたのかもしれず、その場合、全く縁もゆかりもないところへ連れてこられたのだと考え

られぬこともない。

夜間、土地勘の全くない場所に連れてこられてしまったとすれば、些《いささ》か厄介だ。

だが香奈枝は、

(仕立てたばかりの着物が汚れてしまった)

新調したばかりの堆朱染めの着物の裾が、投げ出された駕籠から外へ出る際泥で汚れたことのほうを気にしていた。

気にしつつ、微《かす》かに足音の響く方向へ視線をやっている。

次第に雲が広がり、いまは月を隠しているため、残念ながらそのあたりは濃厚な闇に覆われていた。

「相変わらず、おっかねえババアだな」

香奈枝が呼びかけるより先に、闇の中から、揶揄《やゆ》する声が響いてくる。

「何故早く助けぬ。この親不孝者めがッ」

その声音に対して、香奈枝は激しく舌打ちした。

「助けるもなにも、出る幕なかったじゃねえかよ、おふくろ様」

鬢《びん》のあたりを掻きながら、黎二郎は苦笑する。淡い月影に映えた横顔は、相変わらず涼しげだ。

「奴ら、せいぜい、百文かそこら、たかるつもりだったろうによう。……寧《むし》ろ、あいつらのほうが気の毒ってもんだぜ。顔を切ったあとで、柄で殴りつけるなんざ、やりすぎだろう」

「何を言う。とどめを刺しておかねば、いつ反撃されるかわからぬではありませんか」

「それはそうだけど」

「それで、お前はいつから、私の駕籠をつけていたのです？」

「茶屋を出るときからだよ。決まってんだろ」

「あやつらが凶賊であると、はじめからわかっていたのですか？」

「まあな」

「では何故、もっと早く助けに来ないのです。無駄な血を流したではありませんか」

「少しは懲りたほうがいいと思ったんだよ」

「なに？」

「連日の芝居見物に、役者買い。いくらなんでも、浪費が過ぎるだろうが」

「ほう、己のことはさておいて、言うものよのう」

「俺はいいだろ。てめえでしっかり稼いでるんだから。……けど、兄貴の安い俸給だけじゃ、女房子供を養うのが精一杯で、おふくろ様の遊興費までは、とてもじゃねえが、まかなえねえだろう、って言ってんだよ」

「なるほど。ではこの母は、お前たち三人を立派に育て上げながらも、自らは全く金子を稼ぐことのできぬ厄介者であるため、生きる楽しみを享受することもなく、ただただ、厄介者として、屋敷の隅で息をひそめ、息子の世話になって生きろ、ということですか」

「そ、そんなこと、言ってねえだろ。僻《ひが》むなよ」

香奈枝を促して、明かりの灯る通りのほうへと歩き出しながら、柄《がら》にもなく遠慮がちな口調で黎二郎は言った。

「誰も、僻んでなどおりませぬ」

「じゃあ、なんで……」

「母には、金子を稼ぎ出すことはできぬ。町家の女たちのように、内職でもしようと思うたこともあったが――」

「ンだから、しなくていいんだよ、そんなことッ」

たまらず黎二郎は声を荒げる。

「おふくろ様のことは、俺が面倒みたっていいんだ。兄貴がガタガタぬかしやがっても、関係ねえ。俺はあんたの息子なんだからな」

「…………」

「いいよ。そんなに芝居が好きなら、好きなだけ通えよ。役者も買えよ。あんたのことだ。息子みてえな歳の役者と、なにかしようって魂胆じゃねえんだろ。わかってるよ。……だから、好きなようにしろよ」

「まこと、好きなようにしてよいのか？」

「ああ」

「では、駕籠を呼べ」

「え？」

「ここは何処じゃ？　全く見覚えのない町並みじゃぞ。こんなところから我が家まで、歩いて帰れと言うのか？」

「…………」

「聞こえなんだのか？　駕籠じゃ。駕籠を呼べ」

「いまからじゃ、無理だよ」

弱りきって黎二郎は応える。

吉原中の遊女たちから、「涼しい」とか「黎さまに抱いてもらえるなら、身銭をきっていい」とか騒がれている遊冶郎《ゆうやろう》が、母親の前ではこんなに気まずげな、居心地の悪そうな表情をするとは、妓《おんな》たちは誰も、夢にも思うまい。

「では、どうする？　もう歩けぬぞ」

香奈枝は癇《かん》だった声をあげる。やはり、酔いが覚めきってはいないのだろう。

「しょうがねえなぁ」

舌打ちしざま、黎二郎は香奈枝に背を向けて立ち、

「乗れよ」

ちょうどよい加減に腰を落とした。

「たわけッ」

驚くほど大きく見えるその背を軽く叩きざま、

「誰が、お前の背になど……」

言いかける香奈枝の手とその体を、黎二郎はすかさず後ろ手に捕らえ、強引に背負ってしまった。

「これ、黎二郎」

苦情を述べかけるものの、いざ背負われると、そのあまりの心地よさに、香奈枝は負けた。息子の肩に顔を伏せ、しっかりと凭《よ》り掛かる。

「誰が、お前の世話になど……」

息子への文句が、小さな寝息に変わるまで、さほどのときは要さなかった。

「ったく、こんなに飲んじまって、しょうがねえな」

舌打ちするものの、黎二郎には、生暖かい母の体が心地よく、数歩進むと、思わず涙が溢れそうになった。

香奈枝がその身に帯びている麝香《じゃこう》の匂い袋の香りが、子供の頃を思い出させる。

父が亡くなってから、しっかりしなければと、自らを厳しく律してきたのだろう。息子たちに厳しく接するのは勿論、武家の女として一行もはみ出すことなく生きてきた。

若い頃からその器量の佳《よ》さを、「楊貴妃」とも「巴御前《ともえごぜん》」とも噂されてきた香奈枝だ。再婚の話も沢山《たくさん》あった筈だが、尽《ことごと》く断り続けた。世間からは、「天晴れ、貞女の鑑《かがみ》」と褒めそやされたが、要するに、それほど亡き父に惚れていたのだろう、と年を経るうち、黎二郎は理解するようになった。

それで一層、母のことが好きになった。

(あの頃は、無理してたんだろうなぁ)

父が生きていた頃のことを、僅かながら、黎二郎も覚えている。

子供たちには厳しかったが、時には父に甘えたり、拗《す》ねたりもする、少女のような母だった。

衣装道楽に役者買いなど、可愛いものではないか、と黎二郎は思う。長い間、気を張りつめて、本来の自分とはかけ離れた生き方をしてきたのだ。太一郎が家督を継ぎ、嫁を迎えて恙無《つつがな》く出仕するようになったいま、香奈枝はすっかり肩の荷を下ろしたのだ。

部屋住みの黎二郎と順三郎の先行きを思えば多少の不安もあろうが、黎二郎は兎《と》も角《かく》、学者になるという順三郎のことは、太一郎がしっかり面倒を見ていくだろう。

「そんな自堕落《じだらく》な生き方をしていて、亡き父上に、恥ずかしくはないのか」

事あるごとに、太一郎からは叱責される。

(恥ずかしくないわけがねえじゃねえか)

黎二郎とて、褒められた生き方をしているとは思っていない。

夭折した慶太郎を、父として男として尊敬しているのは、太一郎だけではない。黎二郎とて、あの父の子に生まれ、あの父に育てられたのだ。

(けど、仕方ねえだろ。俺なんかが、部屋住みでいつまでもあの家にいたら、兄貴にも、義姉《あね》上にも迷惑かけるだけだ。お荷物の部屋住みは、順三郎一人で充分なんだ)

思ったとき、背負った母の体が少しく重くなったように感じたのは、黎二郎の体が疲れを覚えてきたからか。或いは、香奈枝の眠りが深くなり、黎二郎の背にかかる負担が大きくなったためか。

四

「母上」

ふと目を開けると、枕元に太一郎が座っており、物言いたげな目をしてこちらを睨んでいる。実際、

「お目覚めでございますか」

日頃慎み深く、行儀のよい太一郎にしては珍しく、ずけずけと問うてきた。

「少しお話をさせていただいても、よろしいでしょうか？」

言葉つきこそは、いつもの彼らしく礼儀正しいものだったが、やや青ざめた両頬と険しい視線には、なによりも、母に対する厳しい非難が漲《みなぎ》っていた。

「なんですか、断りもなく母の部屋に入るとは。組頭に出世したからといって、母への礼も忘れましたか？」

床の上に半身を起こしつつ、不機嫌な声音で香奈枝は問い返す。多少後ろめたいからといって、息子に対して弱みは見せない。見せてなるものか、と己を激しく鼓舞している。

「礼なら充分に尽くしました。お部屋の外から、何度も声をかけましたが、一向にお目覚めにはならぬようですので。……もう五ツを過ぎておりますぞ」

だが、太一郎のほうも、一向怯《ひる》む様子はなかった。顔色も変えずグイグイ攻め込んでくる太一郎を、香奈枝は本気で疎《うと》ましく思った。

「そなたこそ、なんですか。お勤めはどうしたのです」

「本日は非番でございます。宿直明けですので」

「…………」

「母上は、昨日早朝より芝居見物の挙げ句、茶屋で強か酒を過ごし、黎二郎に背負われて帰宅したそうではありませんか」

(駕籠舁に拉致され、金子を強請られたことは、さすがに話していないようね)

そのことに、香奈枝は内心安堵しつつ、

「黎二郎に聞いたのですか」

不機嫌な口調で問い返す。

「黎二郎は、私が帰宅したときにはもう家におりませんでした。母上を送ってきて、すぐに立ち去ったそうです」

「なんと！　母の身を案じて送ってくれた黎二郎を、追い返したのですか！」

香奈枝は瞬時に柳眉《りゅうび》を逆立てた。

「情けない。お前はそれでも、この家の長男ですか！」

「別に、追い返したわけでは……」

太一郎は狼狽《うろた》え、忽ち口ごもる。

「あ、綾乃は引き止めたのです。強く引き止めた、と申しておりました。……ですが黎二郎は、母上を寝所に寝かすと、さっさと出て行ってしまったそうで……」

母に対する強気の言葉も、どうやらそれで終《しま》いらしい。

「それというのも、そもそもそなたのせいでしょう、太一郎」

「え？」

「黎二郎は、先日お前と喧嘩別れしたことを気に病み、気まずくて、家にとどまることもできなかったのでしょう。可哀想に」

「………」

たたみ掛ける母の言葉に対して、太一郎は最早一言も言い返せなかった。

「弟に要らざる気を遣わせて、情けないとは思わぬのですか」

「すみませぬ」

言い返せぬどころか、体を縮こめ、頭を垂れる。

「この来嶋の家は、長男のそなたが継いだとはいえ、黎二郎の家でもあるのですよ」

「はい」

「それが、ここまで寄り付かなくなったのは、当主のそなたが黎二郎を疎ましく思うが故でしょう」

「そ、そんなことはありません、断じてッ」

真っ赤になって、太一郎は抗弁した。

生真面目な性格故、幼い頃から、言い訳をしようとすると、いつもそういう顔色になった。男として武士として、言い訳をするのは恥ずべきことと教えられて育った。だが人である限り、どうしても言い訳してしまうことはある。

「断じて、黎二郎を疎ましく思ってなどおりませぬ」

夢中で口走る言葉が言い訳にすぎないと自覚した瞬間から、太一郎は激しく己を恥じたのだ。

「ならば、はからってやりなさい」

もうそろそろ、この一本気な長男を嬲《なぶ》るのはやめてやろうとの配慮で香奈枝は言ったのに、太一郎はポカンと口を開けるだけだ。人の気持ちを先読みしすぎる黎二郎と好対照に、少々察しが悪く、鈍いところさえある。生真面目で頑固な太一郎の、それが愛すべき一面でもある。

「な、なにを、はからうのでしょうか？」

「黎二郎が、気持ちよくこの家に帰れるように、です。それとも、お前はこのままでよいと思っているのですか？」

「いいえ、断じて――」

「では、そのようにはからいなさい。昔のように、仲良く兄弟揃って我が家で食事をする姿を、母に見せなさい」

一旦言葉を切ってから、

「見せてください。お願いします」

切なる口調で重ねて言い、香奈枝は息子の手を取った。

「それだけが、母の願いです」

「母上」

「え……」

太一郎は両目を潤ませ、香奈枝をじっと見つめ返す。最前まで剝き出しにされていた非難の色は、その潤んだ瞳の中には最早微塵《みじん》も見られなかった。

五

（太一郎のことを、少々苛《いじ》めすぎたろうか）

香奈枝はさすがに、（多少）反省した。

それから数日、太一郎と顔を合わせる機会はなく、気にはなったが、綾乃に様子を聞くわけにもいかない。

嫁の綾乃は、大目付や書院番頭などの要職を歴任する三千石の大旗本・榊原家の娘である。

格上の家から嫁いできた傲《おご》りなど全くなく、常に甲斐甲斐《かいがい》しく姑の香奈枝に仕えている。もとより、このところ外出の多い香奈枝の動向を気にしつつも、それを太一郎に密告《ちく》るような真似は決してしない。

そんな綾乃が、

「ちょっと、宜しいでしょうか、義母上《はは》様」

やや思いつめた声音で、部屋外から呼びかけてきたのは、香奈枝が遅い朝餉をとった後《あと》、庭先で手折《たお》った菊を活《い》けていたときである。

「どうぞ」

顔もあげずに香奈枝は応え、鋏《はさみ》を持つ手を止めて綾乃の次の言葉を待った。

庭に面した障子は開け放してあるため、部屋の前の廊下にいる綾乃の姿は見えている。

「入っても、よろしいでしょうか？」

敷居の外に指をつかえたまま、綾乃は問う。

その指先が微かに震えていることに気づいた香奈枝は、

「お入りなさい」

と言うなり、自ら立って障子を閉めた。

綾乃が、余人に聞かれたくないことを香奈枝の耳に入れようとしていると、瞬時に察せられたからだ。

「千佐登はどうしています？　見ていなくても、よいのですか？」

綾乃から発せられる息苦しい空気に耐えられず、香奈枝はつい、自ら問いを発してしまった。

綾乃は香奈枝の前に座してから、暫《しばら》く黙り込んだままでいた。何から、どう話そうか、明らかに言葉を選んでいる様子だった。彼女が自ら言葉を発するまで、根気よく待ち続けるべきだった。それは香奈枝にもよくわかっていた。

だが、息苦しさは、容易くその極に達した。香奈枝はそれに耐えられなかった。

「寝てしまいましたので。お吉《よし》もついておりますし――」

目を伏せたままで、綾乃は応えた。

お吉というのは、綾乃が来嶋家に嫁いでから雇い入れた下働きの若い娘である。本来・榊原家ほどの家格の娘が輿《こし》入れする場合、実家から侍女を伴うものだ。大抵はその娘の乳母《うば》をしていた老女頭であることが多く、子が生まれれば、即ちその子の乳母をもつとめる。だが、石高の低い来嶋家では、俸給の高い女奉公人を養いきれまい、と配慮して、侍女は伴わず、その代わり綾乃は、家事一切をこなせる下働きの女を雇ってほしい、と太一郎に頼んだ。

現在来嶋家の家事は、下働きのお吉と綾乃によって恙無《つつがな》く行われている。

「一家に二人の主婦はいらぬ。私のことは、隠居と思いなさい。隠居は、一切口出しいたしません」

婚礼のあとで、香奈枝はそう綾乃に告げ、それ以来家の中のどんなことに対しても、口出しも手出しも一切しなくなった。

一見、若い嫁を気遣い、自ら身を退く潔《いさぎよ》い姑のように思えるが、実際には、あまり家事の得意でなかった香奈枝が、家事からも、一家の主婦という面倒な立場からも解放され、せいせいしていたといえなくもない。

「千佐登はあなたに似て賢い子ですね。近頃私にもよくお話をしてくれます」

「いえ、そんな……」

「私は男子しか育てたことがないので存じませんでしたが、女の子というのは、言葉を覚えるのも、男子よりずっと早いようです。それに、可愛らしい柄の着物を着せる楽しみもあって……私も、一人くらい女の子がほしかったと思います」

綾乃の緊張をほぐそうと、香奈枝は懸命に言葉を継いだが、綾乃の表情は依然として硬いままである。

「でも、武家の妻たる者、やはり男子を産まねば。……義母上様は、武家の妻女の鑑《かがみ》でございます」

(そのことか?)

綾乃の様子を注意深く観察しながら、香奈枝はその心中を懸命に忖度《そんたく》した。

綾乃は嫁いで一年目に千佐登を産んだが、千佐登が二歳になったいまも、一向次子を身籠もる気配がない。

（大方太一郎めが、多忙を理由に、閨《ねや》のことを怠っているのであろう）

それについては、綾乃よりも太一郎の責任が大きいと思うのだが、夫と同じくらい──或いはそれ以上に生真面目な性格の綾乃は、すべて自分のせいと思い込み、己を責めているのかもしれない。

「後継ぎのことなら、別に焦ることはありますまい。あなたも太一郎もまだ若いのですから」

「いいえ」

閉ざされた綾乃の心をときほぐそうと、満面の笑みで言ったつもりだったが、綾乃はいよいよ表情を硬くする。

（太一郎め、一体なにをすれば、己の嫁をここまで追いつめることができるのじゃ。生真面目な性格は父親似と思っていたが、嫁に対する配慮は遠く及ばぬ）

香奈枝の中で、太一郎に対する怒りがムラムラとこみあげた。

夫の慶太郎も、城勤めでは相当気を遣い、帰宅の際には精根尽き果てていた筈だが、香奈枝に対する夫としての務めも、父親としての子らへの務めも、決して忘れたことはない。

だからこそ、諍い一つなく、香奈枝は幸福を享受することができた。

（そうじゃ。夫としても父としても、慶太郎さまは最高のお方であった）

故人を思うことで、香奈枝は辛うじてその怒りを抑えた。押さえ込んで、再び真っ直ぐに綾乃を見た。

「綾乃殿？」

「いいえ、いいえ」

だが依然顔を伏せたままで、綾乃は激しく頭《かぶり》を振る。

「どうしました、綾乃殿？」

「いいのです、私はそれでも……」

「なにがです？　なにがよいのです？」

「私が、男児を産めるとは限りません。いえ、産めぬかもしれません」

「なにを言っているのです、いまからそんな弱気なことで……」

「もし太一郎様が、よその女子に子を産ませて、それが男児であったならば、来嶋家の跡取りとしてこの手で育てる覚悟はできております」

「え？」

綾乃が夢中で口走った言葉に一瞬耳を疑い、しかる後香奈枝は、それをゆっくりと己の中で咀嚼《そしゃく》した。

(太一郎が、よそに女?……あの堅物に?)

「まさか……」

無意識に呟いてしまったのも無理はない。

「あの子に限って……」

「それしか、思い当たることがないのでございます」

遂に意を決したように綾乃は言い、顔をあげて香奈枝を見返した。

「このところ、太一郎様のご様子が、明らかに、おかしいのです」

「おかしい、とは?」

「なにやら思い悩むご様子で……元々物静かで、口数の少ないお方ではありましたが、この数日は、どこかうわの空で、千佐登にも、殆どお言葉をかけてくださらず……」

「この数日、ですか?」

眉を顰《ひそ》めて、香奈枝は問い返す。

この数日、太一郎の様子が変だと言うなら、それは即ち、自分のせいではないか。

香奈枝が太一郎を追いつめすぎたせいで、太一郎が鬱々《うつうつ》としているとすれば、綾乃に要らざる心労をかけてしまった張本人は、香奈枝ということになる。

「この数日、太一郎がなにやら思い悩んでいるというのなら……」

香奈枝は重い口を開き、黎二郎に送られて帰宅したその翌朝の太一郎とのやりとりを、綾乃に伝えた。

「太一郎がなにか気に病んでいるとしたら、それはすべて、この母のせいです。ですから、あなたがなにも気にすることは……」

「いいえ、義母上様」

だが綾乃は、慌てて言いかける香奈枝の言葉を、強く遮《さえぎ》った。

「太一郎様のご様子が変わられたのは、義母上様が黎二郎殿に背負われてお帰りになられた日の数日前からなのです。あの日、太一郎様は急な宿直を命じられましたので、翌朝は本来なら五ツ過ぎにはお帰りになるべきところ、途中で何処かに立ち寄られたようで、お帰りは四ツ過ぎになりました。……義母上様とのやりとりはあまり関係ないように思われます」

「宿直明けに、四ツ過ぎの帰宅ですか？」

香奈枝は更に眉を顰《ひそ》めた。

その宿直明けの前日、太一郎が城中で思いがけぬ話を小耳に挟んだことはもとより、その真偽を確かめようと徹次郎を訪れ、けんもほろろに追い返されたことを、香奈枝は知らない。

知っていれば、太一郎の気鬱《きうつ》の理由がそれだということは瞬時に知れたろう。

「義母上様」

青ざめきった綾乃の顔に、香奈枝は内心戦慄した。

太一郎に限って、妻以外の女に目移りするなど到底信じられないが、綾乃の思いつめた様子も尋常ではない。

妻というのは実に不思議な生き物で、僅かな寝息一つ聞いただけで、そのとき夫がどんな夢をみているのかを察することができたりするものだ。

「太一郎様が、他の女子に心をうつされたのだとしても、それは仕方のないことでございます。ですから、太一郎さまが望まれるなら、私は千佐登を連れて実家に帰ってもよいのです」

「なにを言うのですッ」

香奈枝は思わず、声を荒げた。

「あなたは太一郎の妻でしょう。妻が、そんな弱気なことでどうしますッ」

「………」

「あなたの、覚悟のほどはわかりました」

自らの気持ちを鎮めるため、香奈枝は、自らに言い聞かせるように一語一語ゆっくりと口にした。

「ですが、はやまってはいけません。太一郎の様子がおかしくなったのは、ごく最近のことなのでしょう。もし仮に、あなたの言うとおりの事実があったとしても、まだ、子ができるとか、そんなに深いつきあいにはいたっていないでしょう」

「そうでしょうか？」

「男と女は、そんなに簡単ではありません」

「そうなのですか？」

「そうですよ」

と、平静を装って綾乃に応えながらも、

(ああいう生真面目な堅物に限って、一度女に心を奪われると、どこまでものめり込んでしまうのかもしれぬ)

香奈枝は血の気の失せる思いだった。

五千石取ろか
何の五千石　君と寝よ

と、俗謡にまで歌われるようになった、旗本・藤枝外記《ふじえだげき》と吉原遊女・綾絹《あやぎぬ》との箕輪《みのわ》心中は、まだ世間の記憶にも新しい。

（確かに、上役や同僚に誘われて悪所に足を踏み入れることがないとは言い切れぬ。

……黎二郎と違って、娼妓《しょうぎ》と遊んだ経験のない太一郎では、妓の手練手管《てれんてくだ》に惑わされることもあろう）

思案を重ねた挙げ句、香奈枝は意を決した。

「綾乃殿」

「はい」

「この件は、私に任せてもらえますか？」

「え？」

「それとなく、さぐってみましょう」

「ですが、義母上様――」

「いいから、任せておきなさい」

有無を言わさぬ強い口調で香奈枝に請け負われると、綾乃もそれ以上言い返すことはできなかった。

六

浅草は幡随院門前町《ばんずいいんもんぜん》界隈を仕切る《合羽《かっぱ》》の伝蔵《でんぞう》親分が、黎二郎の雇い主である。博徒の用心棒が褒められた商売でないということは自覚しているが、それしか糧《かて》を得る手段がない以上、仕方ない。ときに道場の師範代などもしているが、その報酬は長屋の家賃にもならないのだ。

それに比べて、《合羽》の親分は羽振りがいい。吉原の茶屋などにも相当顔がきくため、その用心棒をしている黎二郎も、決して悪い扱いはされない。もっとも、黎二郎ならば、その外貌だけで多くの娼妓たちから好まれ、悪い扱いなどされる筈もなかったが。

伝蔵親分からは、月々決まった報酬をもらっているが、遊ぶ金が足りなくなれば、遠慮なく小遣いをせびる。黎二郎に金をせびられて、親分が嫌な顔をみせることはない。黎二郎の腕と度胸のよさを、それだけ頼りにしているのである。

（飲み屋のツケを払ったら、懐がさびしくなっちまった。少し都合してもらうかな）

　黎二郎がいつものように《合羽》一家の軒をくぐると、

「先生」

　若頭《わかがしら》の仁吉《にきち》がすぐさま彼に近寄り、声を落としてささやきかける。

「さっきから、お待ちかねですぜ」

「誰が？」

「いいから、早く、奥のお座敷に……美しいお方を、お待たせするもんじゃありませんぜ」

「美しいお方？　女かよ？」

　黎二郎の問いには答えず、仁吉はその背を強く押し、待ち人がいるという部屋まで追いたてた。

（一体誰だよ、こんなとこまで訪ねてくるなんてよ。…美しい女っていっても、吉原の女なら、大門《おおもん》の外へは出られねえ筈だしなぁ）

　思いつつ、黎二郎は部屋の襖を開けて一歩中へ入るなり、目を剝いた。

「うわッ」

「ごきげんよう、黎二郎」

薄紫地に小桜模様の小紋を着た香奈枝が、まるで髪結いに結ってもらったばかりのように綺麗な島田の鬢から、甘い椿《つばき》油の香りを漂わせて座っている。

「な、なんで、おふくろ様がここにいるんだよ」

「お前を待っていたのです」

「だ、だから、なんでッ」

「吉原に足を踏み入れることができぬ以上、ここより他、私が立ち入ることのできるそなたの立ち寄り先はないではないか」

「………」

「お前が、三日とあけず、《合羽》の伝蔵親分に金子を無心していることも、存じております」

「だ、誰から、そんなこと聞きやがった!」

「母を見くびるものではありません。お前の行いなどすべてお見通しであるからこそ、お前が外で好き放題することも大目に見ているのです」

出された茶を一口喫《きつ》するために言葉を継いで、

「伝蔵殿は立派な侠客《きょうかく》です。ああいうお人の世話になっているなら、心配はいりません」

きっぱりと香奈枝は言った。

「それで、なんの用だよ？」

漸《ようや》く気持ちを落ち着け、黎二郎は、床の間を背にした香奈枝の前に座す。

どういう手を使ったかは知らぬが、黎二郎の素行ばかりか伝蔵親分のことまで調べ尽くしたのは、ただ黎二郎の身を案じるが故の親心だけではないだろう。黎二郎も、伊達《だて》に町場で暮らし、女遊びに明け暮れているわけではない。母も女という生き物である以上、己の母親のはらの裡《うち》くらい、多少は読み取れる。

「まさかあんたまで、兄貴みてえに、しょうもない説教しに来たわけじゃねえんだろ」

「しょうもないかどうかは別として、あれでも兄として長男として、精一杯まことを尽くそうとしているのです。わかってあげなさい」

「ああ、わかってるよ。この前は俺も言い過ぎた。おふくろ様からも、謝っといてくれよ」

「いやです」

黎二郎の願いを、香奈枝はあっさり退けた。

「お前たちの喧嘩になど、母はもとより、関心はありません。……そんなことより

――」

香奈枝はふと黎二郎の目を真っ直ぐに見据え、

「実はお前に、折り入って頼みがあるのです」

見据えたまま、有無を言わさぬ強い口調で言った。

黎二郎は黙って、母の言葉を聞いていた。いやな予感と激しい胸騒ぎ以外、なんの感情も、彼の胸には興《おこ》らなかった。

第三章　黎二郎、内偵中

一

苦しげに胸を押さえて橋袂《はしたもと》に蹲《うずくま》った老婆を背後から覗き込みつつ、順三郎は問うた。

「如何《いかが》なされました?」

四ツ過ぎの日本橋《にほんばし》には、大勢の人々が行き交《か》っている。

橋の上を行くのは、もとより、商用で先を急ぐ商人や、使い走りの丁稚《でっち》小僧ばかりではない。女中に付き添われて習い事に向かう途中の大店《おおだな》の娘や、懐手《ふところで》をしてのそのそ歩く浪人者など、とりたてて急ぐ用事のなさそうな者たちも大勢いる。

だが、誰一人、苦しむ老婆に視線をとめる者はいなかった。

皆、老婆の姿が全く見えていないかのように、視界の端に入れることもなく、一途に先を急いで行く。老婆の纏《まと》っているのが、裕福そうな衣類であったなら、或いは人々の反応も多少は違っていたのかもしれない。

しかし、その老婆が纏っていたのは、元の布の色などおよそ判別つかぬほど垢《あか》にまみれた襤褸《ぼろ》だった。おそらくは、行き倒れの乞食《こじき》であろう。

そんな老婆に、順三郎は躊躇《ためら》うことなく、声をかけた。

順三郎とて、学問所への道を急ぐ途中である。暇を持て余しているわけではない。それでも、苦しむ老婆の姿が目に入ると、どうしてもそのまま行き過ぎることができなかった。

「どうなされました？」

相手が返事もできぬほど苦しんでいると見るや、順三郎は藻掻《もが》き苦しむ老婆を自ら腕に助け起こす。

「胸が苦しいのですね」

耳許《みみもと》に優しく問うが、

「あ〜あ〜」

老婆は、ただ苦しげな呻《うめ》き声だけを発し続けた。

「う〜ああ〜」

「わかりました。療養所にまいりましょう。療養所なれば、貧しき者でも分け隔てなく治療してもらえます」

言うなり順三郎は、老婆の体を背に担《にな》おうとした。痩せた老婆の体は、易々と順三郎に担われる……筈だった。だが、

「…………」

老婆は無言で順三郎の手を振り払った。

「え？」

驚いて顧みたときには、老婆の姿は既にそこにない。裾を跳ね上げて橋桁《はしげた》をけたたましく鳴らし、夢中で駆け出した老婆の背中が一間も先に見えた。

その後ろ姿も、忽《たちま》ち人混みに紛《まぎ》れて消える。

「え？　お婆さん？」

「あ〜あ、やられちまったな」

呆気にとられる順三郎のすぐ耳許で、馴染んだ男の声がする。

「黎二郎兄《にい》……」

「懐《ふところ》」

見上げた兄の口から、謎の言葉が漏らされる。

「え？」

「懐の中、確かめてみろ」

もう一度言われ、不得要領《ふとくようりょう》に己の懐へ手を突っ込んでみて、

「あっ！」

順三郎は忽ち顔色を変えた。

「財布がないッ」

「やっぱりな」

「どうしよう……」

「いくら入ってたんだ？」

狼狽《うろた》える順三郎に、黎二郎が問う。

「…………」

「どうした、順？」

「今日は、帰りに買い求めたい書物がありましたので、少々多めに……」

順三郎の声は、半ば震えている。

「そんなに高い書物なのか？」

「はい……昨夜太一郎兄上に、いただいてきたのです」

「いくらだ？」

「………」

「心配するな。俺が買ってやるから」

優しく順三郎の肩を叩きながら、黎二郎はその耳許にそっと囁いた。順三郎は、それではじめて漸《ようや》く我に返り、我が身に起こった事態を知る。

「どうして財布がないのでしょう？」

順三郎は改めて動顚した。

「わ、私の財布は？」

「だから、すられたんだよ、さっきの婆さんに」

「あの、病に苦しんでいたお婆さんにですか？」

「ありゃあ、病人でもなんでもねえ。巾着切《きんちゃくき》りだ」

「巾着切り？」

「掏摸《すり》のことだよ。……だが、待てよ、あの逃げ足の速さ、もしかしたら、婆さんじゃねえのかもな」

「お、お婆さんでなければ、なんだと言うのです？」

「なんだと訊かれても困るが、よぼよぼの婆さんじゃねえことだけは確かだな」

「………」

「そう落ち込むな。ああまで見事に化けられたら、誰でも欺されるさ」

「私だけでした」

「ん?」

「皆、見て見ぬふりで通り過ぎて行きました。欺されたのは、私だけです」

「皆は皆、お前はお前だ。気にするな。……ほら、学問所に行くんだろ?」

順三郎の肩をそっと抱えて、黎二郎は優しく促した。

「はい」

素直に肯《うなず》き、順三郎は歩き出す。

「終わる頃、学問所の前で待っててやるからな」

「えっ?」

「書物を、買ってやるって言ったろ。ないと困るんだろ?」

「黎二郎兄……」

順三郎は泣きそうな顔をして黎二郎を振り仰いだ。

「いいから、早く、行け。遅れちまうぞ」

「は、はいッ」

応えると、跳び上がるように順三郎は走り出し、実際、袴の裾をはね上げて走った。

仔犬が坂を転がり下りるにも似た弟の後ろ姿を、黎二郎はその場でいつまでも見送る。

（ったく、しょうがねえなぁ、幾つんなってもガキのまんまだ）

黎二郎は内心苦笑する。

そんな弟が、黎二郎には可愛くてならない。

財布をすられたことに動顚した順三郎は、黎二郎が、いつもの青地錦の着流しではなく、まるで城勤めに出かけるような黒紋服を身につけていることにも気づかなかった。

勿論《もちろん》、気づかれて追及された場合の言い訳くらいは考えていたが、できれば順三郎には嘘をつきたくない。

（さて、何処かでときをつぶさねえと……）

暇つぶしにちょうどいいのは矢場遊びだが、馴染みの矢場女も、黎二郎のその風体《ふうてい》を見て、全く無反応とは考えられない。あれこれ穿鑿《せんさく》してくるだろう。

（それも厄介だな）

チラッと思ってから、しかし、学問所帰りの順三郎は、その頃にはさすがに冷静になっていようから、黎二郎の身なりの奇異に気づくであろうということに思いあたった。

結局、誤魔化しの嘘を口にするのは避けられないのかもしれない。

(しょうがねえか)

が、黎二郎の心配事は杞憂に終わった。

学問所の講義が終わる時刻、昌平橋《しょうへいばし》の袂で待っていた黎二郎を見ても、順三郎は別段奇異に思わなかったようだ。

ともに目的の古本屋に向かう道々、ずっと欲しかった書物を手にできる歓びで、仔犬の瞳は餌をもらう直前のような歓びに輝いていた。

その書物も、財布をとられたと知ったときの狼狽《うろた》えようから、当然一両以上はするものと思っていたが、五百文足らずであった。

(なんだ、流行《はや》りの読本とたいして変わらねえんだな)

黎二郎は些《いささ》か拍子抜けした。

「唐《から》の古い本か？」

「いえ、芭蕉《ばしょう》の句集です」

「芭蕉？……芭蕉って、あの芭蕉か？『奥の細道』の？」

「はい」

順三郎は事もなげに肯く。

「その芭蕉以外の芭蕉を、黎兄《れいにい》はご存知なのですか？」

「いや、知らねえが」

「芭蕉の句は、よろしゅうございますよ。『旅に病《やん》で夢は枯野をかけ廻《めぐ》る』……侘《わ》び寂《さ》びの世界です」

「侘び寂びが、学問に必要なのか？」

とは、訊けなかった。

とにかく、順三郎の嬉しそうな顔を見られただけで、黎二郎には充分だった。黎二郎とて、十八の歳まではいやいやながらも学問所に通っていたので、四書五経くらいは学んでいる。それ故学問は、退屈なもの、という認識しかない。

（芭蕉の句は、息抜きみてえなもんなんだろう）

黎二郎なりに納得して順三郎と別れ、別れた後、その身なりでいる本来の目的に戻った。即ち、下城する太一郎を待ち伏せ、あとを尾行《つ》けるという目的に——。

二

下城の際、太一郎が、

「今日は立ち寄るところがある」

と喜助に告げ、一人で行くから先に帰っているように命じると、

「いえ、お供いたします」

意外に強い口調で、喜助は言い返してきた。

日頃従順な喜助にしては珍しいことで、太一郎は少々当惑する。

「だが、お前が一足先にたち帰り、俺が寄り道すると綾乃に伝えねば、いつもより帰りが遅い、と案じさせてしまうではないか」

「それはそうですが……」

口ごもりつつ、

「ですが、お一人では……」

喜助は案じ顔をした。

先日来、編み笠の武士にあとを尾行けられる日々が続いていた。最初に気づいたの

は、叔父・徹次郎の住む向島の寮から帰宅するとき――太一郎が、亡父の死に関する疑惑を城中にて耳にしたその翌日のことだ。

無論喜助は太一郎が小耳に挟んだ話の内容を知らない。

知らずに、その武士の存在に気づいたのだから、黒紋服の男は余程剣呑《けんのん》な殺気を放っていたのだろう。喜助も、伊達《だて》に父の代から仕えてはいない。喜助に言われるまで全く気づかなかった太一郎は、己の迂闊《うかつ》さをおおいに反省した。

「大丈夫だ」

「あの男、今日も尾行けてきていますよ」

声を落として喜助は言う。

「わかっている」

太一郎は応えた。

「だが、あの男が俺の命を狙うとすれば、これまでに、いくらでもその機会はあった筈だ。敢えてそうしないということは、あの男は俺の命を狙う刺客ではないように思う」

「では一体、何の目的で若のあととつけてくるというのです？」

「それはわからぬが……」

太一郎は容易く口ごもった。

「若……いや、旦那様！」

「いや、とにかく、今日は先に帰っていてくれ。案じることはない。舅《しゅうと》殿に呼ばれているのだ」

「左近将監《さこんしょうげん》さまに、でございますか」

喜助は少しく驚き、だが命じられるまま、帰って行った。喜助が些《いささ》か過剰に太一郎の身を案じるのは、わけあってのことだ。

(喜助も、ずっと気に病んでいたのだろうな)

思いつつ、太一郎は、柳の葉が風に揺らめく堀端の道をぼんやり歩いた。

宿直明けではないので、普通に暮《くれ》六つ前の下城である。

(舅殿、一体何の話だろう)

岳父の榊原左近将監は、現在書院番頭の職にある。綾乃が太一郎に嫁ぐ際、太一郎は既に徒目付の組士として出仕していたが、書院番衆にならないか、と誘われた。

書院番衆は、数百石取りの旗本から選ばれる役目なので、無論太一郎にもその資格はある。上様《うえさま》とも直接接する機会のある書院番衆は、それだけ出世の機会も多い職だ。

少なくとも、こそこそと他人のことを内偵し、人のあら探しをするような役目よりは、ずっと楽だろう。

だが太一郎は、そういうことで妻の父に口をきいてもらうのがなんとなくいやで、あっさり断ってしまった。後にそのことを綾乃から聞いた母や叔父は、太一郎の馬鹿正直さにあきれていたが。

（また、その話を蒸し返されるのだろうか）

太一郎は少々気が重かった。

だから、榊原家の門前に到ると、そこで足を止め、しばし逡巡していた。

「これは、来嶋さまではございませぬか」

顔見知りの門番のほうが先に、門前に佇《たたず》む太一郎を認めた。

「本日は、主人に御用でございますか？」

「ああ」

やや憂鬱げな顔で仕方なく肯くと、門番は庭先の掃き掃除をしていた若党を呼び止め、主人に取り次ぐよう言いつける。

「すぐに迎えの者がまいります故、どうぞ、中でお待ちくださいませ」

「すまぬ」

門番に促され、太一郎は屋敷の内へと入った。

玄関先にて待つことしばし。三千石ほどの大身《たいしん》ともなると、使用人の数は、二十人をくだるまい。門番、若党、中間……それぞれが、それぞれに定められた職務を忠実に守らねばならぬため、物事がなかなか捗《はかど》らない。

もしこれが、門番も用人もおらぬ来嶋家であれば、玄関先に立って来意を告げれば、綾乃か香奈枝のどちらかが現れて相手をするところだ。

（今更ながら、綾乃はこういうお屋敷で生まれ育ちながら、よくもまあ、我が家のような貧しい家に嫁いできたものよ。……母上の仰せられるとおり、本当に、自ら苦労したかったのであろうか）

思うほどもなく、用人が太一郎を出迎えた。

「お待たせいたしました。どうぞ――」

と導かれ、すぐに書院か主人の居間に通されるかと思えば、一旦控えの間に通され、そこで茶が出る。茶を運んできたのは妙齢の女中であるが、紙のような顔色をしており、愛想も素っ気もない。

（娘婿《むすめむこ》を呼びつけておいて、ここまで格式張るか――）

太一郎はさすがに少しく不快になった。

三千石には三千石の格式や作法もあるのだろうが、それは本来他人に向けるべき格式や作法ではないのだろうか。太一郎は、苟《いやしく》も、主人・左近将監の婿である。いわば、身内なのだ。少なくとも、太一郎はそう思っている。

さすがに高級な香りのする茶を啜って怒りを堪《こら》えていると、漸く榊原家の奥方——つまり綾乃の母が控えの間《ま》に現れ、

「主人が他行中にて、大変失礼いたしました。お待たせいたしまして、申しわけございませぬ」

恭《うやうや》しく口上を述べると、今度こそ、太一郎を主人の待つ書院へと案内した。

「ご無沙汰いたしておりました」

太一郎は奥方に挨拶するが、相手は軽く黙礼を返すだけである。控えめで、日頃から口数の少ない婦人だが、同様に表情も乏しいため、何を考えているのか全くわからない。太一郎に対する感情も、あまり感じられなかった。香奈枝のように気丈で口も達者な母親に慣れている太一郎にとっては、甚だ不可解な存在だ。

(それにしても、他行中だったとは。人を呼びつけておいて、出かけてしまうのか。大家《たいけ》の主人とは斯《か》くも自儘《じまま》なものか)

太一郎は内心呆《あき》れている。

「ご無沙汰いたしてまして、申しわけございません」

呆れながらも、床の間の前に端座する左近将監に向かって、太一郎は頭を下げた。歳は五十八。長男――太一郎にとっては義理の兄である左馬之助《さまのすけ》は、既に出仕し、書院番組頭という要職についているため、いつ隠居してもよいのだが、そうしないのは、書院番頭の地位を、できれば息子に譲りたいのだろう。そのためには、もう少し現職にとどまることが望ましい。

「いや、わざわざ来てもらったというのに、待たせてすまなかったな。……堀田様《ほった》に呼ばれて、囲碁の相手をな」

と、人差し指と中指に碁石を挟んで盤にさす身ぶりをしながら言う左近将監の満面には苦笑が漲っている。

堀田様というのは、若年寄の一人、堀田正敦《まさあつ》のことだろう。書院番頭も、若年寄の配下である以上、上役の機嫌をとることに余念がないのかと思えば、

「堀田様とは、堀田様がまだ藤八郎《とうはちろう》と呼ばれていらした頃からのつきあいだ」

と言う。

「堀田様と義父上《ちち》とは、竹馬の友であられますか？」

別に興味はないが、多少は聞いておくのが礼儀かと思い、太一郎は問い返す。

若年寄の堀田正敦は、もともと仙台《せんだい》藩主伊達宗村《だてむねむら》の八男として生まれ、のちに堅田《かただ》

藩主・堀田正富《まさとみ》の娘婿となった。

江戸生まれの江戸育ちである左近将監と親交を持ったとすれば、実家では藤八郎と呼ばれていた正敦が堀田家の婿養子に入って以降のことだと思うが、その詳細について、左近将監は多くを語らなかった。大名の庶子と直参の嫡男。どういう経緯で知り合ったとしても、楽しい思い出ばかりではなさそうだ。

薄々察した太一郎が、それ以上は問わず、口を閉ざしていると、

「綾乃は息災かな？」

左近将監はふと話題を変えた。

「はい。息災でございます」

即座に答えつつ見返した左近将監の目は優しみを帯び、ただ娘を思う父親の顔をしている。

「それがしには、過ぎた妻でございます」

「左様か」

太一郎の言葉に目を細める左近将監には申しわけないが、やはりこの家の雰囲気は苦手《にがて》だ、と思った。できれば早々に辞去したいが、それには、さっさと本題に入ってもらうしかない。どうすれば、そうしてもらえるだろうかと太一郎が思案していると、

「ときに、婿殿、御舎弟殿《ごしやてい》は如何《いかが》しておられる？」

太一郎の心を知ってか知らずか、ふとまた話題を変えてくる。

「は？　弟でございますか？……弟の順三郎ならば、毎日熱心に学問所へ通っておりますが」

「あ、いや…その弟御ではなく、黎二郎殿と申されたかな？　小野道場で師範代をされている御次男のことじゃ」

「え？　黎二郎ですか？」

太一郎は戸惑った。

家を出た黎二郎の遊蕩三昧《ゆうとうざんまい》が、左近将監の耳にも入っているのか。

黎二郎の素行の悪さを伝え聞いた左近将監は、そのことで意見するべく、太一郎を呼びつけたのか。或いは、

（家門の恥となる弟を、絶縁せよ、などと言い出すのではあるまいな）

太一郎は全身全霊で警戒した。

もし万一、岳父からそう言われ、もし従わねば、当家とも縁を絶っていただく、と宣告されたとしても、太一郎はそれを、断固はねつけねばならない。

常々香奈枝から言われているように、来嶋家の長男として、弟たちの先行きを案じ、

どこまでも面倒を見るつもりでいる。如何《いか》に妻の父で、三千石の大身の当主の言葉であっても、聞けることと聞けないことがある。

「黎二郎は……その、黎二郎なりに、己の将来について思い悩んでおるようです」

「なるほど」

苦しまぎれな太一郎の言葉に、左近将監は大きく肯いた。

「部屋住みの身にては、致し方あるまい」

「…………」

「されば、もし、養子の口があれば、婿に入るつもりはおありかのう？」

「へ？」

拍子抜けする岳父の言葉に、太一郎の全身から、忽ち緊張が抜け落ちてゆく。

「黎二郎殿には、他家へ養子に入るつもりはあられるのか、と聞いておる」

「そ、それはもう、話さえございますれば、歓んで……」

つい勢い込んで太一郎は応え、だが応えてしまってから、

――婿養子なんざ、真っ平だ、
という、つい先日の黎二郎の怒声が、生々しく耳に甦る。

「実は、黎二郎殿への縁談を預かってきておる」

「そ、それはまことですか」

「先方は、儂もよく知っている家だ。申し分のない話だと、儂は思う」

「…………」

「いや、もし話がまとまれば、先方は千石の直参、婿殿よりも家格が上になってしまうのだが――」

「いえ、そんなことは、別になんとも思いませぬ」

太一郎は慌てて言い募った。左近将監の言い方が微妙で、本気か冗談かわかりにくかったので、本気で強く否定したのだ。もし黎二郎がその家の婿養子となれば、やがては太一郎よりも身分が上になってしまう。もし気にするとすれば、左近将監のほうかもしれない。もとより太一郎には、弟の僥倖《ぎょうこう》を歓ぶ気持ちしかない。

三

(なんだ、義姉上《あね》の実家か)

下城する太一郎を大手門の外で待ち伏せ、そこからずっとあとを尾行けていた黎二郎は、兄の立ち寄り先が、一ツ橋《ひとつばし》御門外、小川《おがわ》町の榊原左近将監宅だということがわかると、少なからず、落胆した。

（でもまあ、家に帰るまでは見届けねえとな）

なにやら用があって舅の家に立ち寄ったとしても、窮屈な妻の実家に長居はしないだろう、と黎二郎は思った。

いや、無理にもそう思い込んでそこに居続けねば、自分のしていることの意味がなくなってしまうのだ。

（しょうがねえんだよ。あとでおふくろ様に報告しなきゃならねえんだからな）

黎二郎は己に言い聞かせる。

「しばらく太一郎のことを見張って欲しい」

と母の香奈枝から命じられたとき、当然黎二郎は訝《いぶか》った。

「なんでだよ？」

太一郎が、外に女をつくっている疑いがあると聞いても、もとより黎二郎はとりあわなかった。

「あの堅物兄貴に限って、そんなこと、あるわけねえだろ。ありゃあ、吉原にすら足踏み入れたことねえよ」

「わかっております」

「だったら、なんで──」

「綾乃殿のためです」

「義姉上の？」

「このところ、太一郎の様子がおかしいそうです」

「だからって、女がいるってことにはならねえだろ」

「かもしれぬが、絶対にない、とは言い切れないでしょう」

「…………」

「ですから、それを確かめるのです。下城の際、太一郎のあとを尾行けて、何処に立ち寄るか確かめるのです」

「確かめるって、俺がか？」

「他に誰がいるのです。順三郎は学問所へ行かねばならぬのですよ」

「人を暇人みてえに言うけどな、俺にだって、用心棒って仕事があるんだよ」

「それならば、案じることはない。太一郎が登城する日の七ツ過ぎから、太一郎が帰宅するまで、宿直明けの日なら四ツ半から帰宅まで、黎二郎を自由にさせてやってほしい、と先ほど伝蔵殿にお願いし、ご了承いただきました」

「なにッ？」

黎二郎はさすがに顔色を変えた。

香奈枝が、少々風変わりで大胆不敵な女であることは承知していたが、まさか、博徒の親分と直談判に及ぶとは。

「わかったよ」

黎二郎は観念した。

「やるよ。やればいいんだろ」

「そうそう、お前にこれを与えます」

香奈枝はふと傍らから蘇芳《すおう》色の風呂敷包みを取り、黎二郎の前に押しやった。

「太一郎のあとを尾行ける際には、これを着用なさい。その着物は目立ちます」

「なんだよ？」

風呂敷を解くと、その中からは、古い畳紙《たとうがみ》に包まれた着物が現れた。更に紐を解くと、来嶋家の家紋である丸に違い鷹の羽が入った黒紋服である。

「これは……父上の？」

「そうです」

「い、いいのか？　父上の形見ならば、兄貴がもらうべきなんじゃねえのかよ」

「太一郎には、ちょっと大きい。お前ならば、ちょうどよい筈です。慶太郎殿と、殆ど同じ身の丈をしておる」

「………」

香奈枝はその着物をふと取り上げ、戸惑う黎二郎の肩に着せかけた。

「ほら、裄《ゆき》もピッタリじゃ」

「うん」

黎二郎の喉元に、そのとき、名状しがたい熱いものがこみあげ、自分でも困惑した。糊《のり》と火熨斗《ひのし》のきいた着物を羽織った瞬間、黎二郎はなにやら甘く懐かしい思い出に包まれた気がした。その思い出の中では、黎二郎は、ただ父や母に庇護されるだけの幼子であった。

兄弟喧嘩の度、「兄に逆らってはなりません」と口では黎二郎を叱るくせに、香奈枝の口許には、いつも淡い微笑みが滲んでいた。母の優しい笑顔を見て、

(本気で叱られているわけではない)

と思ってしまったのも無理はない。

だが、それから数年後。……いや、父が亡くなって後、母の態度は一変した。太一郎と喧嘩する度、常に強烈な平手打ちが、兄弟を襲った。太一郎も黎二郎も、ともに母に頬を打たれた後、喧嘩両成敗だと言い渡された。しかし、黎二郎が十五を過ぎて

から、香奈枝は一切、息子たちに手をあげなくなった。

「元服し、一人前となった男子の顔に手をあげるわけにはいきません」

と香奈枝は言ったが、黎二郎にはそれが少し淋しくもあった。

そんな、幼少期の思いのあれやこれやが瞬時に胸に湧き起こって黎二郎は困惑し、些か混乱もしていたのだろう。

「では、頼みましたよ。くれぐれも、太一郎には気づかれぬように――」

言い置いた香奈枝が何時帰って行ったのかも気づかず、我に返ったときには、部屋の外から覗き込む仁吉のニヤついた顔が目につき、カッとなった。

「ったくよう、勝手なことばっか言いやがって、あのババア――」

声高に香奈枝を罵《ののし》ってみたが、最早時既《もはやときすで》に遅し。

とまれ、太一郎の城勤めの予定をきっちり書きつけたものを、香奈枝は残していった。

それから黎二郎は、その予定に従って行動している。自分でも、

(馬鹿馬鹿しい)

とは思うものの、母の言いつけは絶対である。太一郎に隠し女がいようがいまいが、母の気のすむまで、兄の素行を調べるのが、黎二郎に与えられた役目である。

（それにしても、なんだって義姉上は、兄貴に女がいるなんて、思ったのかねぇ）

榊原家の門とは筋違いの辻の物陰に身を潜《ひそ》めながら、ゆくりなくも黎二郎は思った。

もう丸三日、下城し、帰宅する太一郎のあとを尾行けているが、兄が帰宅の道筋を変えたのは、今日がはじめてだった。

（すわ、女の許へ行くのか！）

黎二郎は忽ち色めきだったが、いつもどおり、大手門から出たあと、堀端に沿って一ツ橋御門のほうへ足を向けたときから、もしかしたら、という予感はあった。

その予感は的中し、太一郎の立ち寄り先は、綾乃の実家の榊原家だった。

（なんだよ）

一旦は落胆したものの、黎二郎は根気よく、太一郎が出てくるのを待った。

半刻あまりは経ったろうか。

太一郎は漸《ようや》く、門の外へと姿を現した。季節柄、まだまだあたりは昼の明るさだ。

もとより黎二郎は深編み笠で顔を隠している。気づかれることはない筈だが、その明るさを考慮して、尾行ける際には必要以上の距離をとる。

今度こそ、予想外のところへ導かれることを期待したが、結局榊原家を辞した太一郎は、その後居酒屋の一軒にも立ち寄ることなく、真っ直ぐ帰宅した。

（なぁんだ）

落胆する一方で、黎二郎は安堵している。

その翌日、太一郎は宿直であったため、黎二郎は翌々日の四ツ半過ぎに、大手門の外で兄を待った。太一郎は下城後、どこにも向かわず、真っ直ぐ帰宅した。

宿直の翌日は非番となるため、黎二郎が大手門の外で兄を待つのは、その翌々日のこととなる。

如何に母の言いつけとはいえ、黎二郎がこんなにも律儀に太一郎の尾行を続けていたことには、実は香奈枝の思惑とは全く別の、黎二郎なりの理由があった。

それ故黎二郎は、仕方なく太一郎の尾行をはじめた一日目から、些か真剣にこの仕事に従事している。兄が自宅の門の内へ無事姿を消すまで、見送らねば気がすまなかった。

（しかし、ホントに、くそ真面目だなぁ、兄貴は——）

黎二郎が見張るようになってから今日まで、太一郎が下城後に立ち寄ったのは妻の実家だけである。

何故義姉が、そんな疑いを抱くようになったのか、寧ろその理由が知りたい、と黎二郎は思った。

(今日も真っ直ぐ、鍛冶橋経由だ)

太一郎は、下城して帰宅する際、殆どその道筋を変えることはない。

黎二郎には、それすら信じ難い。毎日必ず、決まった道を通るというのは、たとえば、彼の命を狙う刺客がいた場合、待ち伏せしてくれ、と言っているようなものである。

(迂闊すぎるぜ、兄貴——)

編み笠の緒を指先で弄《いじ》りながら、黎二郎は歩いた。

つと——。

それまでごく普通の歩幅で歩いていた太一郎が、唐突に足を速めた。お供の喜助は既に彼の傍にいない。主人が何処かに立ち寄る際の常で、先に家へ帰されたのだ。

黎二郎は、うっかりそれを見落としていた。というか、全く気にかけていなかった。

太一郎が不意に急ぎ足になったとき、はじめてそのことに気づいたのだ。

(しまった！　何処かへ寄るのか)

黎二郎は慌てて太一郎のあとを追った。

太一郎の歩幅は、既に早足を遥かに超え、駆け足に変わっている。明らかに、尾行に気づき、尾行者を撒《ま》こうとしている走り方だった。

そうと知れれば、撒かれるわけにはいかない。黎二郎は懸命にあとを追った。酒と女に溺れた自堕落な生活を送っているにしては、我ながらよくそれだけ走れた、と思うほど、懸命に走った。

自宅のある鍛冶町を素通りした太一郎は、表店から裏路地に入り、入り組んだ道を迷わず進んで行く。

（まさか、本当に女を囲ってやがるのか？）

黎二郎は完全に動顛していた。

仮に尾行に気づいたからといって、尾行者を撒くために、無闇矢鱈《むやみやたら》と走りまわるなど、冷静な人間のすることではない。

余程頭に血がのぼっているか、或いは、逆に相手を誘《おび》き出そうとの意図があってのことだろう。

だが、日頃冷静な太一郎が焦っているということに驚き、寧ろ黎二郎のほうが浮き足だってしまった。

（逃がしてたまるか）

夢中であとを追い、太一郎に続いて辻を折れた瞬間、

(しまった、この先は、確か行き止まりだ)

と気づいたが、気づいたときにはもう遅い。勢い余って、行き止まりの板塀に激突しそうになりながら、辛うじて間際で止まると、

「…………」

背後に立つ、人の気配——。

言うまでもなく、太一郎である。

「今日こそは、名乗っていただこうか」

「…………」

黎二郎は無言で右へ跳び、太一郎の脇をすり抜けてこの場を逃れようと試みた。黎二郎にとっての右は、当然太一郎にとっての左側である。人間、きき手のほうには意識がいっても、逆手側は比較的隙ができやすい。

だが、

「おっと」

なにもかもお見通しであったかのように、太一郎は自ら体をずらし、行く手を阻む。

「折角こうして、話をする機会を得たのだ。そう簡単に逃げてもらうわけにはゆかぬ」

意外にも、あれほど激しく疾駆したあとだというのに、太一郎はさほど息を乱していなかった。

(毎日城と屋敷を往復するだけで、道場にも殆ど顔出してねえはずなのに、体ナマってねえのかよ)

黎二郎は内心青ざめる思いだ。

「まずは、その暑苦しい笠をお取りいただこうか」

「…………」

黎二郎は容易く窮した。退路を断たれ、太一郎には既に間合いに踏み込まれている。さすがに刀の柄に手をかけてはいないが、もしこちらがチラとでも刃向かう意志を示したならば、即座に鯉口《こいぐち》を切る腹積もりはできているのだろう。

一分の隙もないとは、まさしくこのことだった。

「お返事いただけぬのは、こちらで好きにさせていただいてもよい、ということでしょうか?」

焦れてきたのだろう。黎二郎の編み笠を強引に脱がせようとの意図で、太一郎はグイッと一歩、彼に近づく。

「ま、待ってくれ」

黎二郎はたまらず後退《あとじさ》り、後退りつつ、自ら笠をとった。

「黎二郎ではないかッ」

笠の下の顔をひと目見るなり、太一郎は仰天した。

「ど、どうしてお前が……」

(知らなかったのか?)

黎二郎は、寧ろそのことに驚いた。

(この近さで向かい合ってて、笠をとるまで、相手が俺だとわからなかったのか?)

「何故、俺のあとをつけていた?」

「何故って……」

黎二郎は必死で頭を働かせた。

なんとか巧く言い逃れることはできぬかと、必死で考えた。

「兄のあとをコソコソつけまわすとは、呆れた奴だ。剰《あまつさ》え、わざわざ変装までして
……」

「いや、これはその……」

必死で考えたがしかし、頭の中がどんどん空白と化してゆくばかりで、何一つ巧い
考えは湧いてこなかった。

（兄貴にバレたとき、何て言って誤魔化すか、おふくろ様に聞いとけばよかった）

後悔しても、あとの祭りだ。

四

「なんということだ」

黎二郎の話を聞き終えた太一郎は、お猪口《ちょこ》の酒をひと息で干してから、心底あきれ顔をして言った。

カラになった太一郎の猪口に、黎二郎は無言で徳利の酒を注ぐ。黎二郎にとって行きつけの浅草馬道《あさくさうまみち》の居酒屋《冨久《ふく》》は、料理も充実した人気店であるため、昼でもだいたい満席だ。町人ばかりではなく、下級武士たちの姿もチラホラ見られるため、太一郎らが酒樽に腰かけて酒を酌《く》んでいても、さほどの違和感はない。

立ち話もなんだし、ちょいとそこらの店に入ろうと黎二郎に誘われたとき、太一郎は明らかに困惑したようだったが、渋々弟に従った。

先付けの煮穴子《にあなご》を一口食べた瞬間、太一郎は狐《きつね》につままれたような顔をして箸を止めた。それからもう一口食べて見て、素直に感動したようである。

日頃、家で出される食事は、決して不味《まず》くはないだろうが、わかりやすく美味《おい》しい、と感じることもあまりないだろう。

ところが、人が集まるこういう店の料理は、誰もが美味しいと感じるように作られている。要するに、味つけが濃い目なのだ。それ故酒のあてにもなる。口には出さぬが、どうやら太一郎はこの店の料理が気に入ったようで、それから次々と運ばれてきた出汁《だし》巻き卵や酢ダコにも、嬉しそうな顔で箸をつけていった。

(そういや、兄貴とこんなふうに飲むのははじめてだな)

太一郎のそんな素直な表情が見られただけで、黎二郎は無性に嬉しくなった。

嬉しくなって、香奈枝から頼まれた己の仕事を、あっさり太一郎に話してしまった。

要するに、太一郎に女がいるかいないかを確かめればよいだけの話なのだから、いっそ、本人に尋ねればよいと思ったのだ。

「で、本当に女がいるのかよ?」

黎二郎は真顔で太一郎に問うた。

「な、俺には本当のことを話してくれよ。おふくろ様や義姉上には、うまいこと誤魔化しとくからよう」

「おい、黎二郎——」

「いいって、いいって、男同士じゃねえか。女にはわからねえ苦労があるんだよな」

「いや、俺は……」

「城勤めってのは、兎に角、気疲れするんだろ。俺なんか、到底無理だぜ。兄貴はよくやってると思うよ。……たまに息抜きしたからって、誰も兄貴を責めやしねえよ」

「だから、待て、黎二郎、俺は女など……」

「ましてや兄貴は、来嶋の家のために、頭のあがらねえ大身の娘を女房にして、家でも窮屈な思いをしてるんだもんな。うん、しょうがねえよ」

「黎二郎ッ」

太一郎はたまらず声を荒げた。

太一郎の話を全く聞かず、勝手に一人で納得している黎二郎を制する目的だったが、如何《いかん》せん声が大きすぎた。

「………」

そのとき、二十人からの酔客が歓談する話し声がピタリとやんで、皆が一斉に声のしたほう——つまり、太一郎に注目した。

「出よう」

いたたまれずに立ち上がろうとする太一郎の袖を摑んで座らせたまま、

「ちょっと、酔っぱらっちまってよう。……なんでもねえよ。悪いな、皆の衆」

黎二郎は周囲に向かって笑顔で言う。

すると、酔客たちは再び各々の雑談に戻ってゆく。

「なんだよ、藪から棒にバカでかい声だしやがって――」

「お前が俺の話を聞かぬからだ」

「聞いてるよ」

「ならば最前から何度も、女など、何処にもおらぬと言っておるだろう」

「え？」

「だから、女など、おらぬのだ」

「でも、おふくろ様が……」

「俺は外に女などつくっておらぬし、綾乃に満足している。家が窮屈だなどと思ったこともない」

「本当に？」

「本当だ」

「………」

「勝手に人の気持ちを忖度《そんたく》するな」

厳しい口調で太一郎に言われると、黎二郎はそれ以上言葉を返すことができなかった。

「じゃあ、本当に、女はいないの？」

漸く問い返すことができたのは、不機嫌な太一郎の猪口に無言で酒を注ぎ、何杯か飲ませた後のことである。

「だから、いないと言ってるだろう」

「だとしたら、妙だな」

黎二郎は、ふと口調を改めた。

「だったら、義姉上は、なんで兄貴の態度がいつもと違うと思ったんだ？」

「…………」

「義姉上は、賢いお人だ。理由もなく、悋気《りんき》なんぞ病むわけがねぇ。だからこそ、おふくろ様だって、俺にこんなことやらせたんだろうぜ」

「…………」

「なあ、兄貴、どうしてなんだと思うよ？」

「知らぬ」

「知らねえってこたあねえだろ」

「知らぬから知らぬと言っておるのだ」

「なんの理由もなく、義姉上が本気で、兄貴に女がいると思い込んだとしたら、義姉上は気の病だぜ」

「…………」

「気の病じゃ、しょうがねえや。おふくろ様には、そう言っとくよ」

「待て、黎二郎」

「しかし、兄貴も大変だなぁ。気の病を患《わずら》ってる女房と、この先何十年も連れ添ってくんだろ。……俺だったら、到底無理だわ」

「違う！」

「いや、やっぱり、兄貴は偉いなぁ。尊敬するよ。俺だったら、絶対逃げ出してるね」

「だから、違うんだ！」

「ん？　なにが？」

「綾乃は、気の病など患ってはおらぬ」

「でも、理由もなく、兄貴に女がいる、と勝手に思い込んでるんだろ。おかしいだろ」

「いや、それは……」

太一郎は気まずげに口ごもる。

「なんだよ?」

黎二郎は容赦なく太一郎を追いつめる。

いや、本人は追いつめている自覚はないのかもしれないが。

「もしも、綾乃が本気でそう思い込んでしまったとしたら、それは、俺にもそうさせた責任があるのだろう」

「そうなのか?」

「ああ」

「なにしたんだよ?」

「な、なにも……」

「思いあたること、あるんだろ?」

「あるといえば、あるような……」

「てめ、はっきり言えよッ」

煮え切らぬ太一郎の態度に激昂し、黎二郎はつい怒鳴った。

その途端、店内に再びの静寂が訪れた。

黎二郎の大声が、客たちの話し声を一瞬間制し、再び注目を集めてしまう。

「申し訳ない」

今度は太一郎が客たちに向かって詫びを述べた。

「なんてこった……」

太一郎の話を聞き終わった後、黎二郎は茫然と呟いた。

「それは本当なのか？」

亡父の死が、もしかしたら、何者かによって仕組まれたものかもしれない――。

俄《にわか》には信じ難い話である。もし太一郎の口から聞かされたのでなければ、黎二郎とて、頭から一笑に付したろう。

だが、太一郎の性格を知り抜いている黎二郎は、生真面目で慎重な兄が、軽い冗談のつもりで、不確かな与太話を口にするわけがないと信じている。

「まだ、わからない」

太一郎は太一郎で、黎二郎に話したことが、果たして良かったのか悪かったのか、迷いの極にある。

そもそも、一人の胸にしまい込んでおくには、事があまりにも重大過ぎたのだ。

隠し事をしていると、人は無意識に口数が減る。うっかり漏らしてしまわぬよう、自ら口を噤《つぐ》むのだ。人によっては、矢鱈《やたら》と多弁になり、無意味な言葉を吐き散らす者もいるが、どちらにしても、常の自分とかけ離れた行動をとってしまうため、周囲からは奇異に思われる。

太一郎自身に、不自然な態度をとったつもりはなくとも、毎日顔を合わせる綾乃の目には、奇異に映ったのだろう。

綾乃は綾乃なりに心を痛め、思いあまって香奈枝に相談したのだ。夫の様子がちょっとおかしいからといって、即ち女ができたのではないか、という発想は些か短絡的だが、賢いようでも、そこは女子だ。可愛いものだと思えなくもない。

「で、どうするんだよ?」

「え?」

「そのこと、おふくろ様や義姉上に話すのかよ?」

「………」

「話せば、誤解はとけるかもしれねえが、なんだか、余計面倒なことになりそうな気がするんだがな」

「お前もそう思うか?」

真剣な顔で太一郎に問われ、

「俺だって、相当混乱してるんだぜ。ましてや、あのおふくろ様が知れば……」

困惑しながら黎二郎は応える。

黎二郎の顔を、しばし無言で太一郎は見つめた。男の太一郎の目から見ても惚れ惚れするような男ぶりだが、残念ながら、その頭の働きは、剣の腕ほどには期待できまい。

それでも、話してしまった以上、今後はこの遊冶郎が太一郎にとって唯一の相棒だ。相棒には、すべてを話すのが礼儀というものだろう。

「俺は、母上がなにかご存知なのではないかと思うのだが」

「え？　おふくろ様が？」

「叔父上に話を聞きに行ったときのご様子が尋常ではなかった」

「尋常じゃねえってのは、どういう感じなんだよ？」

「激しく怒っておられた。あんな叔父上を見たのははじめてだ」

「なんで、怒るんだよ？」

「なにもご存知ないのであれば、先ず、戸惑ったり、疑ったりするのが自然な反応だろう。いきなり怒り出すというのは不自然だ。お前もそう思うだろう？」

「ああ」

「どう思う？」

「え？　なにが？」

「母上に、お訊ねするべきか否か、だ」

「そんなの、わかんねえよ」

黎二郎は怒ったような顔つきで言った。自らの思案にある問題を突きつけられると、いつも大抵そんな調子になる。

「俺だって、突然そんな話聞かされて、驚いてんだよ。どうしたらいいかなんて、わかるわけねえだろ」

「そうだな」

太一郎は内心苦笑した。

(俺だって、正直言って、どうしたらいいかわからんのだからな)

「そういや、兄貴、俺以外の野郎にも尾《つ》行けられてたな」

「え？」

「兄貴を尾行けはじめてすぐ気がついた。内偵する側の目付が、人から尾行けられるなんざ、尋常じゃねえだろ」

「案じてくれたのか？」

「まあな。……けど、俺が兄貴を見張るようになってから、見かけねえんだよな、あいつ。気のせいだったのかな？」

「いや、気のせいではない」

また少し考えてから、太一郎は言った。

「お前が俺を見張るようになったのは、三日前から。あの黒紋服の男は、それ以前から、俺を見張っていた。おそらく、お前が来るようになったので、姿を見せなくなったのだろう」

「どうして？」

「わからん」

太一郎は力なく首を振った。

「そもそも、あいつは何者なんだ？」

「喜助は、刺客ではないか、と言っていた」

「刺客！」

黎二郎は忽ち色めきだつ。

「やっぱり、そうなのか！　俺も、そうじゃねえかとは思ってたんだよ。だから、余計、兄貴を見張らなきゃって思ったんだ」

「興奮するな、黎二郎。喜助はそう言ったが、俺は、一概にはそう言い切れんと思っている」

「どうしてだよ？」

「奴からは、殺気が感じられなかった」

「あからさまに、ギラギラ殺気を放って近づいてくるような奴は、ほんの三下《さんした》だ。全然殺気を感じさせないような、そういう奴が、一番恐いんだよ……だいたい、喜助に、刺客のなにがわかるってんだよ」

　熱弁をふるいつつ、黎二郎はふとなにかに思いあたったのだろう。

「喜助？　喜助は、親父が死んだとき、供をしてたんじゃねえのか？」

「俺もそう思ってたんだが、その日喜助は朝から体調が悪かったそうで、登城のときはなんとか供をしたが、迎えには来なくてよい、と父上から言われていたそうだ。……あのとき、自分が供をしていれば、と長らく己を責めていたのだろう」

「そうか」

「だから、これ以上喜助を問い詰めることはできぬ」

「そうだな」

太一郎の言葉に対して、黎二郎はいつになく素直だった。

「喜助も、そりゃあ、つらかったろうな」

「ああ、そうだな」

ともに、同じ言葉しか口にできなくなったところで、そろそろ潮時と感じたのだろう。

「じゃ、そろそろ帰るか」

どちらからともなく腰を上げた。

「ここは俺におごらせてくれよ」

「いや、待て、黎二郎……」

「いいから。…ヤクザ者の金なんて、いかがわしいもんだと兄貴は思ってるかもしれねえが、別に悪事を働いて稼いだ金じゃねえんだぜ」

黎二郎が袂から財布を出すのを、太一郎は慌てて止めようとするが、結局黎二郎に押し切られた。少しく酔いがまわっていて、店の外に出ても、どうも足どりがあやしい。

(黎二郎も同じだけ飲んだ筈なのに……)

黎二郎のほうは一向平気そうな顔をしている。太一郎にはそれが悔しかった。

(大方こいつは、毎日のように浴びるほど飲んでおるのだろう。……ろくでもない暮らしの賜物だ)

だから殊更《ことさら》、憎々しく思った。

だが黎二郎はそんな太一郎の心中など知ってか知らずか、店を出て数歩行ったところでふと足を止める。

「ちょっと、ここで待っててくれるか」

大きな商家の軒下に置かれた天水桶の前で足を止めるなり、黎二郎は太一郎の耳許に囁いた。

「なんだ?」

酔眼朦朧《すいがんもうろう》たる目を闇に凝らすと、どうやらそこに何者か潜んでいるようだ。

(すわ、黒紋服の男か!)

「違うよ。俺の馴染みだ」

太一郎の心中を読んで黎二郎は言い、闇に向かって足早に歩き出す。

覚束無《おぼつかな》い足どりながらも、太一郎はそれを追った。

黎二郎は懐手に鼻歌交じりで四つ辻に向かって行く。

四つ辻を折れた先は、無人の空き地だった。

「お前ら、時と場合を考えろよな。折角兄弟仲良く酒を飲んでの帰りなんだぜ」

「…………」

黎二郎の抗議には全く耳を貸すことなく、そこにいた三人の浪人者は無言で抜刀し、黎二郎に斬りつけてきた。

「おっと」

僅かに身を捩《ねじ》ってその切っ尖をかわしざま、黎二郎は鯉口《こいぐち》を切る。

「てめえら、いくらで雇われたんだ？」

低く問いを発するのと、抜く手も見せず虚空に閃いた刃——勿論棟《むね》側が、背後から斬りつけてきた男の土手っ腹を強《した》たかに打ち据えた。

「ぐぅえッ」

男は腹を抱えて蹲《うずくま》る。

それであとの二人は警戒し、容易には斬りかからない。月影に透かし見る限り、黎二郎には全く見覚えのない浪人たちだった。

（伝蔵親分と敵対する奴に雇われたんだろうが——）

黎二郎が伝蔵の用心棒となって一年以上が経つ。《合羽》の伝蔵一家に、とびきり腕の立つ用心棒がいる、という噂は、博徒たちのあいだに広まっている。伝蔵のシノギをつけ狙っている者があるとすれば、腕の立つ用心棒など邪魔者でしかない。

「おい、早くあいつを手当てしてやったほうがいいと思うぜ。多分、肋《あばら》が二、三本折れてるだろうからな」

親切のつもりで教えてやったが、二人は全く耳を貸さない。三人がかりで黎二郎に傷一つ負わせられなければ、雇い主への顔が立たない。その必死さは、黎二郎にも容易に伝わった。

一人が黎二郎の正面に立って引きつけ、もう一人が彼の死角へまわり込もうと試みる。多数を以て一人を襲う際の常道である。

だが、残念ながら黎二郎に死角はない。正面の敵には顔を向けず、その足下の影を見るようにしている。常に視線を斜めに流しておけば、死角にまわり込もうとする男の動きも、黎二郎の視界にしっかりと入っていた。

ツッ、
草履《ぞうり》の底で強く土を踏む気配も、無論察した。

それ故黎二郎は正面の敵には見向きもせず、左側後方から迫る敵に体を向けた。向けざま大きく身を捩って振りおろされる相手の刃を避ける。そして避けるや否や、自ら相手の懐へ飛び込み、男の鳩尾《みぞおち》を、膝頭で強か蹴り上げた。

「ぐうふ」

悶絶しながら前へのめってゆく男の後頭部へ、柄頭《つかがしら》で一撃――。

男は昏倒し、頭から倒れ込む。刀の棟で打ち込んだわけではないので、意識は失っても、最初の男のように肋は折れていまい。

次いで黎二郎は、間髪《かんはつ》おかずに体を反転させる。残る一人に対すると、震える手で中段に構えた刀の、その手元を、棟で強かに打ち据える。

「ぎぇあ――ッ」

瞬時に刀を取り落としたのは勿論、男は、先の二人とは比べものにならぬ大きな悲鳴をあげてその場に蹲った。手首か、若《も》しくは手の甲の骨が砕けているかもしれない。三人の中で、その男が、最も腕が立つ、と見抜いた故である。そういう者は、しばらくのあいだ――或いはこの先一生、剣を手にできぬようになったほうがいい。

だが。

三人目がだらしなく悲鳴をあげて蹲った次の瞬間、黎二郎の背後で、新たな殺気が湧き起こった。

（え？）

黎二郎はさすがに反応が遅れた。

敵ははじめから四人だった。最後の一人は黎二郎の前に姿を見せず、三人と思わせておいて、その三人がやられた後、黎二郎が油断したところを狙う、という作戦だったのだろう。

「ちッ」

反応が遅れたのは、酔いがまわっていたせいだなどとの言い訳はしたくなかった。

(馬鹿がッ。この間合いじゃ、止め太刀使う余裕がねえんだよ)

相手を殺してしまうかもしれない覚悟を、黎二郎が瞬時に固めた、まさにそのとき——。

「がぁ——ッ」

気合いとも悲鳴ともつかぬ声音が、ひと声高くあがったきり、直《ただ》ちに黎二郎めがけて殺到するべき敵は、いつまでたっても現れなかった。

(え?)

黎二郎は首を傾げるしかない。確かに殺気を感じたと思ったが、気のせいだったのか。いや、そんな筈はない。確かにこの瞬間、男の絶叫を聞いたではないか。

「兄貴?」

ふと思い当たり、黎二郎はそちらに目を向ける。

破れ板塀に背を凭《もた》せた太一郎が、上機嫌で黎二郎を見た。

「とんだところに伏兵がいたな、黎二郎」

酔眼朦朧たる太一郎の足下に、男が一人、倒れていた。他の三人と同じく、薄汚れた浪人風体の男である。

「兄貴が？」

「ああ、こやつも、お前を襲った一味の一人であろう？　姿を見せず、仲間がやられたのを見はからって不意討ちしようとは、卑怯《ひきょう》な奴だ」

「斬ったのか？」

「卑怯者を斬る刀は持たぬ。軽く、締めただけだ」

「締めた……」

黎二郎はしばしぼんやり兄を見返した。その脳裡には、幼い頃相撲をとった際の、兄の絶対的な腕力の強さだけがありありと甦《よみがえ》っていた。

「おお」

結局、香奈枝と綾乃には、しばらく、この話を伏せておこう、という結論を出して、黎二郎とは別れた。

「おふくろ様には、兄貴がなかなか尻尾をださねえ、と言っとけばいいんだから、それが一番楽だよ。義姉上にはまだしばらく気を揉ませることになるけどな」

そう決めたことで、黎二郎も少しく楽になったようだ。

「義姉上を安心させてやりたいなら、兄貴が、ちょっと可愛がってやればいいだけの話なんだぜ」

別れ際、太一郎の耳許で意味深に囁いて、黎二郎は去って行った。

上機嫌の後ろ姿を、太一郎はしばし路上で見送った。黎二郎とて相当飲んだ筈だが、足下は全くふらついていない。

（あれは、父上の着物だな）

ゆくりなく、太一郎は思った。

太一郎は、あえてそのことを問い質《ただ》さなかった。黒紋服姿の黎二郎を見たとき、不思議と違和感をおぼえなかった。それどころか、寧ろ懐かしいような心地さえした。

父の着物を着た黎二郎が、父のようにも見えてしまったからこそ、太一郎は己一人が抱えていこうと決めた秘事を、あっさり黎二郎に話してしまったのかもしれない。

そのことは話せたのに、綾乃の父から持ち込まれた婿養子の件は、結局話せなかった。

「婿養子なんざ、真っ平だ」

という黎二郎の言葉が、耳の底にこびりついて、どうしても消えなかった。

敢えて言い出せば、またもや喧嘩になるかもしれない、と思うと、折角いい雰囲気で話せたこの兄弟の関係を壊したくない、とも思ってしまった。

更には、香奈枝から、

「兄弟三人、仲良く食事するところを見たい」

と言われていることも、多分に影響している。母の言いつけを果たすまでは、できれば黎二郎と、無用の諍いはしたくなかった。

第四章　縁談の行方

一

食事の膳を下げる際、太一郎に呼びかけられた。

「綾乃」

「はい？」

太一郎の声音が少しくうわずっていることに、もとより綾乃は気づいている。嫁《とつ》いで三年、毎日耳を欹《そばだ》てて聞き入ってきた。その声音が少しく湿りを帯びているとき、太一郎は存外機嫌がいい。殊更声を張りあげ、自ら奮い立たせようとするときは、実はなにか思い悩んでいる。ほんの少しの口調の違いでも聞き逃すまい、と綾乃は必死で努力してきた。

（お気持ちが、沈んでおられることは間違いない。……狼狽《うろた》え、苛立《いらだ》ち、そして不安を感じてもおられる？）

いま夫がなにを考え、なにを悩んでいるのかを、綾乃は懸命にさぐってみた。お勤めのことなのか。それとも家族についてのことなのか。

「あとで、少し、話がしたいのだが」

太一郎の声音は依然としてうわずり、これからいやな話をしなければならないという憂いに満ちていた。

四半刻後、夕餉の後片付けを終えて千佐登を寝かしつけた綾乃が、太一郎の居室に行くと、浮かぬ顔の太一郎が所在なさげに座っている。一応書架に視線を向けてはいるが、文字など、殆ど頭に入ってはいないだろう。

「如何《いかが》なされました？」

「数日前、義父上《ちちうえ》に呼ばれた」

「はい。伺っております」

綾乃は軽く肯《うなず》いてみせる。間違っても、

「何のお話しでございました？」

などと、話の先を促したりはしない。

ただ、じっと太一郎からの言葉を待つ。決して自ら、殿方に向かって言葉を発したりしてはいけない。それが女子というものだと、母に教えられて育った。

「実はな――」

言いかけて、だが太一郎は、すぐ気まずげに口ごもってしまう。

本人にも告げられなかった話を、いまここで、妻に向かってするべきか。

（しかし、綾乃は左近将監殿……義父上の娘だ。い、いや、なにより、俺の妻である。受けるにせよ断るにせよ、誰よりも先に、話しておくべき相手ではないか）

懸命に言い聞かせ、自らを奮い立たせた。

「旦那様？」

太一郎に充分考えさせるだけの間をおいたところで、綾乃は徐《おもむろ》に問いかける。決して急かさぬよう、充分に時間をとったつもりだ。

「実は、義父上が、黎二郎の縁談の世話をしてくださるそうで……」

「え、父が？」

綾乃はつい身を乗り出し、即座に問い返してしまった。母の教えを破る、女子としては些《いささ》かはしたない行《おこな》いであったが、それほど気が急いてしまったのだから仕方ない。

「父が、黎二郎様の縁談を、ですか？」

「あ、ああ……」

綾乃の勢いに気圧《けお》されつつも、

「またとない、よいお話なのだ」

太一郎は交々《こもごも》と言葉を継ぐ。

「相手は、千石の御直参《ごじきさん》で、小普請方吟味役のお役に就いておられるそうだ」

「小普請方吟味役といえば、亡きお父上様と同じお役でございますね」

(あ、そうだ)

何気ない綾乃の言葉に、太一郎は愕然とした。いまのいままで、何故そのことに思い至らなかったのだろう。黎二郎のような札付きの放蕩児に、分不相応なほどの良縁、ということですっかり舞い上がり、思考がそこで停止していたものか。

(父上と同じお役か)

とまれ太一郎は、その不思議な宿縁に、少なからず、感動していた。

「どう思う?」

感動でやや紅潮した顔を綾乃に向けると、

「え? どう、とは?」

綾乃には彼の感動がまるで伝わっていないようで、なんとも鈍い表情で問い返してくる。

（これだから、女子というやつは……）

　太一郎は内心少しく苛立つ。

「よい話とは思わぬか？」

「お相手は、どこの、なんというお方でございますか？」

「あ、先方の名を言うておらなんだか。……小普請方吟味役・立花三左衛門《たちばなさんざえもん》殿のご息女にて、美緒《みお》殿、御年は二十歳」

「立花家の美緒様……」

「存じておるか？」

「はい」

「まことか？」

「立花様は、我が父と懇意にしておりました故、美緒様も、幼き頃より、よく榊原の家に遊びに来ておられました」

「そ、そうか」

「とても利発で、可愛らしいお方でございます」

「そうか？」

「美緒様は一人娘でありますゆえ、立花様は、それはもう、大変可愛がっておいででした。大切になされるあまり、婚期が少々遅れてしまわれたのですね」

念を押すように問い返す太一郎の本意が知れたので、綾乃は彼の望む答えを易々と口にした。

「なるほど」

綾乃の言葉に、太一郎は深く肯いたが、すっかり納得したわけではない。

多少婚期が遅れていようと、たいした問題ではない。旗本の冷や飯食い――つまり、次男以下の男子にとって、同じ直参への婿入りは、夢のまた夢である。

本来なら、一生兄の下で飼い殺しにされるべきところ、一家の主になれるばかりか、将来は立派な役職に就くこともできる。相手の娘がどんな容姿の持ち主であろうと、多少薹《とう》が立っていようと、かまわない。大抵の者は二つ返事で婿入りするだろう。

「だが、多少婚期が遅れようと、天下の直参、千石の御家《おいえ》だ。なにも卑下することはあるまい。そうではないか?」

「はい」

更に問う太一郎の言葉の意味がわからぬ綾乃ではない。太一郎が抱き続けている疑念も、もとより承知の上だ。

「では、いま一度訊ねるが、美緒殿とは、如何なる女子か？」

　遂に、思い決したように太一郎は問うた。

「眉目麗《みめうるわ》しく――」

「綾乃ッ」

　太一郎は忽ち声を荒げる。

「ここには俺とそなたの二人しかおらぬ」

「はい」

「ならば、遠慮は無用だ。正直に言え」

「ですから正直に申しております。立花家の美緒様は容姿端麗にして、気性も温和、書を読みながら、武芸のたしなみもあり、まこと、武家の子女の鑑《かがみ》でございます」

「…………」

「そんなにお疑いでしたら、一度、お会わせいたしましょうか？」

「え？」

「美緒様とは歳も近く、仲良くさせていただいておりましたから、いまでも文のやりとりくらいはしております。当家にお招きしたい、とお誘いすれば、喜んでいらしてくださいますよ」

「…………」

「ただ、面貌の美醜については、殿方のお好みもあろうかと思いますので、万人が認める絶世の美女とは請け合いかねますが」

「いや、武士たる者が、本来、女子の美醜など気にかけるべきではないのだ。……黎二郎も武士の子故、それくらい心得ていよう」

「左様でございますか？」

綾乃の目に、ありありと不審の色が滲む。

太一郎は容易《たやす》く言葉を失った。

綾乃の答えがどうであったなら、自分は満足できたのか。たとえ美緒という娘の容姿がどうであろうと、綾乃は他人のことを悪《あ》し様《ざま》に言うような女ではない。

（それを……俺は、なんと心卑しい人間なのだ）

激しく己を恥じ、落ち込んでいる太一郎に、一体どんな言葉をかければよいのか、綾乃は綾乃で多いに悩む。

本来、女は、男に向かって賢《さか》しらな言葉をかけるべきではない。母から、いやというほど言い聞かされてきた。だが、いまこの瞬間に、自分が適切な言葉をかけずして、果たして太一郎は立ち直れるものであろうか。

「義母上《はは》様に、ご相談されてはいかがでしょう？」

思案の果てに、綾乃は、この場合最も適切な助言をした。

「え？」

「黎二郎様のご縁談なのですから、先ずは義母上様のご意見を伺うべきではないでしょうか？」

一瞬間、虚を衝かれた顔で綾乃を見返してから、しかる後、

「そうだ。……そうだな。先ずは、母上にお伺いせねばな」

肩の荷を下ろしたかのように安堵した顔で太一郎は応えた。実際、肩の荷を下ろすのに、これほど適切な方法は他になかった。

「黎二郎に、縁談？」

香奈枝もまた、そのとき虚を衝かれた表情を見せた。

そんな香奈枝の顔を見ていると、太一郎の心は不思議なほどに安らいだ。

（あなた様が黎二郎になにをお命じになられたか、すべて存じておりますぞ）

という心の裡の言葉が喉元まで湧き上がってきて、間際《まぎわ》で呑み込むのに往生した。

それくらい、何も知らぬ香奈枝の顔を見ていることは心地よかった。

思えば、この母の顔色を見るためだけに、太一郎の今日までの日々はあった、と言っても過言ではあるまい。母の機嫌がよければなにもかも宜しく、母の機嫌が悪い日は、すべてがこの世の終わりのようだった。

「黎二郎が、小普請方吟味役・立花家の婿に……夢のようです」

ひととおり、太一郎の話を聞き終えたところで、香奈枝はぼんやり呟いた。

「母上も、そう思われますか？」

嬉々として太一郎が問うと、

「え？」

無防備な香奈枝が不思議そうに息子を見つめ返す。

「ではこの縁談、承《う》けるべきと思われますか？」

「当たり前でしょう」

その途端、香奈枝は柳眉《りゅうび》を逆立《さかだ》て、いつもの彼女の表情に戻って、ピシャリと言い返した。

「早速黎二郎を呼んで話をなさい」

「え？」

「当人に話をせず、なんとするのです。まさか、勝手に話を進めるわけにはいかないでしょう」

「それはそうなのですが……」

（母上は、黎二郎に俺の内偵をさせていることをお忘れなのか？）

と太一郎が内心首を捻らずにはいられなかったほど、香奈枝の反応は自然であった。

「それとも、黎二郎とはもう話をしたのですか？」

「いいえ、まだ……」

首を振る太一郎を、じっと瞠《みつ》めながら、香奈枝は香奈枝で、

（黎二郎め、よもや、内偵の途中で太一郎に見つかってしまったのではあるまいな）

内心ヒヤヒヤしながら、太一郎の話を聞いていた。

話がある、と言い、太一郎が部屋に入ってきたとき、香奈枝は当然そのことを懼《おそ》れた。ところが、降って湧いたような黎二郎の縁談である。それも、これ以上ないくらい好条件の——。

「黎二郎には、母上からお話ししていただけませんか？」

「え？」

「私は、その……先日の喧嘩の件もありますし、私が言っても、おそらく黎二郎は、聞く耳持ちませぬ」

「そなた、まだ黎二郎と仲直りしておらぬのですか？」

「は、はい……」

太一郎は気まずげに口ごもり、目を伏せた。

黎二郎との密約を、いましばらく香奈枝にも綾乃にも伏せておかねばならない以上、未だ喧嘩別れのままの状態であると思わせておいたほうがいい。

「情けない。こんなときは、兄のそなたから折れてやるのが、道理というものでしょう」

「…………」

「よい機会です。この縁談を、仲直りの口実になさい」

「え？」

「話がある、と言って黎二郎を呼び、仲直りするのです。その上で、縁談のことを切り出せばよいでしょう」

「いや、しかし……」

太一郎は困惑した。

実は、妙な経緯で、仲直りをするにはしたが、肝心な縁談の件だけは告げられずにいるのだとは、まさか言えない。

「あの折黎二郎は、私のようにだけはなりたくない、と申しておりました。……婿養子など、真っ平だ、とも。私の言うことなど、聞くはずがありません」

「太一郎ッ」

「はいッ」

「いい加減になさい」

「………」

「お前は黎二郎の兄でしょう。兄として、弟を説得することもできぬのですか。それも、はじめから逃げ腰で母に泣きついてくるとは情けない」

「いえ、私は決して、そんなつもりでは……ただ、折角の良縁、私への意地で、黎二郎が断ってしまっては勿体《もったい》ない、と思いまして…」

「言い訳はたくさんですッ」

香奈枝はどこまでも手厳しい。

「それでも、来嶋慶太郎の子ですかッ」

「………」

太一郎には一言もない。

いや、太一郎とて言いたいことは山ほどあるのだが、それは到底、母に対して言えることではない。

「申し訳ございませぬ」

太一郎にできるのは、ただ母に頭を下げて詫びることだけだった。

「黎二郎には、私から話すことにいたします」

当然だ、と言うように、香奈枝は肯き、唇辺に淡く、笑みを刷《は》いた。

二

窓辺の障子を細く開くと、眼下に濱町河岸《はまちようがし》の賑やかな往来が一望できた。

この店に辿り着くためには、川沿いの一本道を来るしかない。だから、こうして眺めていれば、待ち人の姿を、真っ先に見出すことができるだろう。

(香奈枝殿……)

その人の名を胸に反芻するだけで、来嶋徹次郎の胸は高鳴った。

だからなるべく考えないようにしているのに、視線は無意識に往来の人の流れを追い、その人の姿を見出そうとしてしまう。

(来た——)

行き交う人波の中に、見覚えのある浅葱地《あさぎじ》に御所車《ごしょぐるま》の裾模様の友禅《ゆうぜん》を見出し、徹次郎の五体は歓喜に満たされた。

だが、次の瞬間、

「お連れ様が、お出《い》でになりました」

襖の外から声をかけられ、徹次郎はギョッとする。

「え！」

(早い)

狼狽《うろた》えるあまり、咄嗟《とっさ》に声が出ない。

たったいま、眼下を流れ行く人波の中にその姿を見かけたばかりだ。どんなに早足で来ようとも、これほど早く、店に到着できるわけがない。そう思ってもう一度眼下に目をやれば、浅葱の着物の女は、いま橋を渡って行くところだ。橋を渡った先は深川元町。紀州《きしゅう》家の下屋敷がある。凜《りん》としたその風情、或いは奥女中かもしれない。

(違ったのか)

見間違えたということに衝撃を受け、徹次郎が言葉を失っていると、ほどなく、

「入ります」

聞き覚えのある凜《りん》とした声音が聞こえてきた。

「どうぞ」

うわずった声音ながらも、辛うじて徹次郎は応える。

スーーッ、
と音もなく襖がすべり、派手な紅梅の着物を着た香奈枝が部屋の入口に立つ。

「香奈枝殿」

義姉上《あね》、と呼ぶべきところ、徹次郎はついその人の名を呼んでしまった。

（しまった）

次の瞬間、激しく悔いたがもう遅い。そういう間違いを犯さぬためにこそ、約束の刻限より四半刻《しはんとき》も早く店に着いたというのに、まさか、相手も同じくらい早く来るとは。

「お久しゅうございます、徹次郎殿」

香奈枝は一旦腰を落として入口で挨拶し、しかる後部屋に身を躙《にじ》り入れて襖を閉めた。

一分の隙もない身ごなしである。

「お久しゅうございます、義姉上」

卓を挟んだ席に着きながら、徹次郎は恭《うやうや》しく一礼した。今更呼び直したところで時既に遅しだが、そう呼ぶことで、気安め程度の効果はある。

「このような場所へお呼び立ていたしまして、申し訳ございませぬ」

威儀を正して言い募るうちにも、徹次郎はどうにか落ち着きを取り戻していた。

「お屋敷へ伺うのも、憚《はばか》られました故」

「元々ご自分の家ではありませんか。何時でも、いらしてくだされればよいのです」

徹次郎の正面の席に座してから、香奈枝は淡く微笑んだ。年甲斐もない紅梅の着物だが、いまなお、奇跡のような色香を放つ香奈枝にはよく似合っている。

(美しい……)

徹次郎は思わず、眩《まぶ》しげに顔を顰《ひそ》める。

「我が家の敷居が高い、ということでしたら、私が向島のお宅へお伺いしてもよろしいのですけれど――」

「………」

追い討ちを掛けるかのように香奈枝は言い、更に微笑む。唇の端をチラリと歪めた、妖艶な悪女の微笑みである。

(うちへなど、呼べるわけがないではないか！)

その微笑に更なる眩暈《めまい》をおぼえながら、徹次郎は内心毒づいている。

徹次郎の隠居先には、女がいる。言わずもがな、内縁の関係だ。その女を、香奈枝に見られたくないからこそ、わざわざこうして、町場の鰻屋《うなぎや》に香奈枝を呼び出したりしたのだ。

「鰥夫《やもめ》暮らしのむさ苦しき我が家へなど、義姉上をお呼びできるわけがござらぬ」

徹次郎が苦笑してみせると、

「あら、身のまわりのお世話をする方はいらっしゃるのでしょう。とても綺麗なお方だと聞いていますよ。一度、お目にかかりとうございますわ」

事も無げに香奈枝は言い、徹次郎を一気に奈落へと突き落とす。

(な、何故香奈枝殿が……さては、太一郎の奴が告げ口しおったか)

「まあ、そのようにお顔の色が変わるところをみると、どうやら噂は本当なのですね」

「え?」

「ほほほ……堪忍してくださいい、徹次郎殿。あんまりご無沙汰でしたので、ちょっと意地悪してみただけですよ」

遂に堪えきれぬといった風情で香奈枝は笑いだし、一度笑いだすと容易には止められぬらしく、とうとう両手で顔を覆ってしまった。

細い肩が小刻みに震えて、それだけでも、徹次郎にとってはたまらなく扇情的な光景である。

「徹次郎殿にはお変わりなく……」

「いえ、義姉上こそ」

香奈枝が笑い止むのを、憮然として徹次郎は待つ。一切の表情を消してはいるが、その実、少女のような声をあげて笑う香奈枝の様子にすっかり見とれてしまっている。見とれつつ、鰻屋の二階に部屋をとったのは正解であった、と徹次郎は思った。

店の者に因果を含めておかずとも、鰻屋ならば、蒲焼きが焼きあがるまで、少なくとも一刻、部屋を訪れる者はない。

香奈枝が、敢えて人目をひく派手な着物を着て、けたたましい笑い声をあげているその真意がわからぬ徹次郎ではなかった。

(相変わらず、聡明なお方だ)

徹次郎もまた、声にはださず、心の中でだけ、哀しく笑っている。

鰻屋の個室というのは、早い話、男女の密会場だ。出合茶屋に行くよりは、はるかに手軽で手っ取り早い。出合茶屋に入るところを目撃されれば言い逃れることは難しいだろうが、万一鰻屋に入るところを誰かに見られても、「飯を食いに行った」と言えばすむ。

徹次郎とて、もとより、そんな意図があって香奈枝をここへ呼びつけたわけではない。ただ、人に聞かれたくない話をするには、ここが最も相応《ふさわ》しい、と思っただけだ。

だが香奈枝は、そんな徹次郎より数段老獪《ろうかい》であった。

たとえ義理の弟であろうと、屋敷以外の場所——ましてや、鰻屋の二階でなど密会すれば、もし万一人に見られた場合、あられもない噂をたてられることになる。それ故、わざと人目につく派手な着物を纏い、階下にも聞こえる哄笑を放ったのだ。

後日、鰻屋に聞き込みに来る者があっても、店の者は、「はい、そのお客様ならよく覚えております。終始明るく談笑してらっしゃいました。とてもとても、ワケありの密会という感じではございませんでしたよ」と証言してくれるだろう。

「とても、楽しみにしてまいりましたのよ、徹次郎殿」

「え?」

いつしか笑い止んだ香奈枝が、真顔で徹次郎を見つめて言い、徹次郎は容易く戸惑う。

「徹次郎殿のご贔屓《ひいき》のお店でしょう。美味《おい》しいに決まっていますもの」

「それは、もう——」

つい釣り込まれ、勢い込んで言いかけてから、だが徹次郎もまた、真顔に戻った。

「実は先日、太一郎がそれがしの許《もと》に参りまして……太一郎から、聞いていますか？」

「いいえ」

「そうですか。いや、口止めしたのはそれがしのほうなのですが。……やはり、律儀な男ですな、太一郎は」

「それだけが、あの子の取り柄ですから」

他人事《ひとごと》のような口調で香奈枝は言う。

「で、太一郎は何用あって、あなた様の許へ？」

「それが……」

徹次郎は少しく口ごもる。

一旦は、言わねばと決意したものの、いざ香奈枝を目の前にすると、やはり些《いささ》か、気持ちが揺らぐ。

（香奈枝殿とて、思い出したくはあるまい）

と思うと、いたたまれない。

後込《しりご》みする心を懸命に奮い立たせ、

「兄上が亡くなられたときのことを、太一郎から聞かれました」

徹次郎はひと息に言った。

香奈枝がそのとき思わず息を呑み、だが胸に湧き上がるものを咄嗟《とっさ》に堪えたであろうことは、一目瞭然だった。

「城内で噂する者があり、なにか小耳に挟んだようなのです」

「そうですか。それで、徹次郎殿はなんとお答えになったのです？」

だが己の感情の高まりを一瞬で抑え込み、変わらぬ口調で香奈枝は問い返す。

「なんとも……」

「なんとも？」

「それが、我ながら情けない話ですが、太一郎がそのことを口にした途端、それがしは、すっかり取り乱してしまいまして……頭ごなしに、怒鳴りつけてしまいました」

「なんと言って怒鳴りつけたのです？」

「『そのような与太話を香奈枝殿の耳に入れたら、承知せぬぞ』と……」

「なるほど、それであの子は、律儀にその言いつけを守っているわけですね」

「面目次第もござらぬ」

恐縮した徹次郎の顔は、繊細に整っているが、亡き夫にはあまり似ていない。十五年前には、いまの黎二郎くらい、女にモテていたかもしれない。だが香奈枝は既に、徹次郎の顔を見てはいなかった。

心は、遥かな過去へと飛んでいる。

(太一郎は城中にて一体なにを聞いたのだろう)

「徹次郎殿」

「はい」

うわの空の顔つきから、香奈枝は問いかけた。

「太一郎があなた様の許を訪ねたのは、いつのことですか?」

「確か、いまより半月ほど前のことかと」

「半月前……」

香奈枝はしばし考え込む。

その時期、太一郎の様子に何か目に見えた変化がなかったか、子細に思い返してみる。

「も、申し訳ござらぬッ」

だが、香奈枝の沈黙を、別の意味に酌み取った徹次郎は、夢中でその場に叩頭《こうとう》した。

「義姉上にお知らせしなければ、と思いながら、徒《いたずら》にときが経ってしまい、本当に、申し訳なく思います」

「…………」

懸命に頭を下げ続ける徹次郎を、しばし不思議なものでも見かけた目つきで見つめていた香奈枝だったが、

「よいのです、そのようなこと。徹次郎殿も、なにかとお忙しいでしょうし……」

ふと、意味深な笑顔になった。

「拙者など、暇を持て余した隠居でござる。なんの忙しいことがござろうか」

「よいから、もう頭をお上げください、徹次郎殿」

「…………」

伏せた顔の下から、徹次郎はチラッと香奈枝を覗き見る。

だがそのときには、香奈枝の目は、再び過去へと向けられている。

そして、

(そうか)

香奈枝は漸《ようや》く合点した。

太一郎の様子がどうもおかしいと綾乃が思いはじめたその時期と、太一郎が城中にてなにか小耳に挟んだ時期は、どうやら一致するようだ。

（そういうことだったのか）

　合点したものの、太一郎にはなにをどう告げるべきか、甚《はなは》だ思案の難しいところであった。向こうがなにも尋ねてこないなら、それをいいことに、なにも言わない、という選択肢もある。だが、太一郎に告げるか告げぬかにかかわらず、綾乃の不安だけは取り除いてやらねばならない。

　そのためには、綾乃にだけ、ある程度真実を告げるか。それとも、もっともらしい嘘で取り繕うか。

（城勤めをしていれば、何《いず》れそういうこともあり得ると覚悟しておくべきだった）

　香奈枝は己の迂闊さに呆れるとともに、いざとなるとまるで頼りにならぬ徹次郎にも甚だ呆れた。

　太一郎が思いあまって訪ねてきたというのに、ただ狼狽《ろうばい》し、その狼狽を気取られぬために、頭ごなしに叱りつけるとは、なんという愚かさだろう。日頃温厚で、大きい声も出したことのない男が激昂すれば、太一郎は当然奇異に感じるだろう。太一郎の中に芽生えた疑念は、徹次郎に怒鳴りつけられた瞬間から、確信に変わっている筈だ。

「すまぬ、香奈枝殿」

「いいえ」

顔をあげてもなお恐縮したままの徹次郎に虚ろな笑顔を向けながら、香奈枝は密かに嘆息していた。

三

賭場での用心棒仕事を終えた黎二郎は、浅草、幡随院門前町《合羽》の伝蔵親分の家へ向かった。

六ツ過ぎあたりから吉原へ繰り出すとしても、その前に、少し眠っておきたい。賭場の用心棒は、なかなかの重労働だ。大金の懸かった勝負では揉め事も多く、その都度用心棒が出て行かねばならない。それ故、賭場が開帳しているあいだは、殆ど気が抜けない。伝蔵は、博徒としてはかなり良心的なほうで、素人相手のイカサマを厳しく禁じていたから、他の賭場と比べれば、揉め事は少ないほうだと言われているが。

黎二郎が軒をくぐると、

「先生、先生――ッ」

またもや若頭の仁吉が血相を変えて飛び出してきた。

「さっきから、お客人がお待ちですぜ」

「客人？」

黎二郎の表情は一瞬で強張《こわば》る。

（おふくろ様……）

「お母上じゃありませんよ」

「え？」

「まあ、とにかく、奥へ——」

仁吉に背中を押され、奥座敷の襖を開けた。

「黎二郎」

床の間を背に座っていたのは、太一郎である。

「兄貴？」

黎二郎は茫然とその場に立ち尽くす。

「なんで、兄貴がここへ……」

「母上に伺ったのだ。ここで待っていれば、何《いず》れお前が来ると教えてくれた」

「…………」

「どうした、黎二郎？」

「だから、なんで？」

「だから、母上に伺って――」

「なんで兄貴がここへ来たのか、って聞いてんだよ。兄貴があんなに軽蔑してた、博徒の家だぞ」

「いや、別に軽蔑していたわけではない。あのときは、お前があんまり逆らうから、つい売り言葉に買い言葉であぁ言ってしまったが、この家の主人《あるじ》、伝蔵殿は、なかなかの人物だというではないか。母上がそう仰《おっしゃ》っていたぞ」

「…………」

　絶句しつつも、黎二郎は仕方なく、太一郎の前に座す。

「いつからいるんだ？　今日はお勤めじゃねえのかよ？」

「いや、ついさっき来たばかりだ。宿直《とのい》あけだが、昨夜は交替の者がいてくれて、少し眠れたので」

「そ、そうか」

　迷いもなく悪びれもしない兄の態度に、少なからず黎二郎は気圧《けお》される。一体何を言い出されるのか、という不安もある。

「それより、お前のほうが寝不足のようだな。冴えない顔色をしておる」

「あぁ」

「では、手短に話そう」

「なんだよ」

「お前を是非、婿にと望む方がある」

「え？」

「婿養子だ」

「婿養子？」

鸚鵡返《おうむがえ》しに、黎二郎は問い返す。

「お相手は、千石の御直参にして小普請方吟味役・立花三左右衛門殿のご息女・美緒殿だ。美緒殿は、綾乃もよう存じておる娘御で、気だてもよく、利発で可愛らしい女子だそうだ」

「…………」

「どうだ、黎二郎、この上ない良縁であろう」

いつになく、立て板に水の口調で告げる太一郎を、しばし黎二郎は茫然と見つめていた。

黎二郎にとっては、寝耳に水の話である。

実直だけが取り柄で、日頃はそれほど弁が立つわけでもない太一郎がここまで見事に話を切り出すことができたのは、香奈枝に入れ知恵されてのことだ。少なくとも、黎二郎はそう確信した。

(柄《がら》にもなく、奇襲なんぞ仕掛けてきやがって、クソ兄貴め。畜生ッ……)

「どうした、黎二郎? 嬉しさのあまり、言葉もでぬか?」

「ふざけるなッ」

遂に堪りかね、黎二郎は声を荒げた。

「てめえ、どういうつもりだよッ!」

「落ち着け、黎二郎」

「馬鹿言ってんじゃねえぞ。さっきから、黙って聞いてりゃ、いい気になりやがって、この野郎ッ」

「………」

「てめえの頭は、一体どうなってんだ? 誰が、婿養子の口をさがしてくれなんて、頼んだよ? 俺は、婿養子になんぞなるくらいなら、野垂れ死にするほうがましだって言った筈だよな」

「言葉が過ぎるぞ、黎二郎」

「馬鹿兄貴が、くだらねえこと言ってきたからだろ。だいたい、なんだよ、いきなり、縁談とか……なに考えてんだよ。親父のことは、どうすんだよ」

「だからこその、縁談なのだ」

「なに？」

「立花殿は、父上と同じ、小普請方吟味役なのだぞ」

「それがどうした？」

「歳の頃からして、立花殿は、父上を存じておられるかもしれぬ」

「おい――」

「お前が立花家の養子となり、小普請方吟味役という職を継げば、或いは父上のことも、なにかわかるかもしれぬではないか」

「そのために、俺に婿入りしろ、って言うのか？」

黎二郎の正直な問いに、太一郎はさすがに、「そのとおりだ」とは言えなかった。

亡父と同じ役職の家からの縁談。

それを唯一のよすがに、なんとか、黎二郎を説得できないか、と太一郎は考えた。

黎二郎とて、来嶋慶太郎の息子である以上、父の死の真相は知りたい筈だ。いや、知らねばならない。

「頼む、黎二郎」

「…………」

「それに、将来は父上と同じお役にも就けるのだぞ。息子として、これほどの孝行はあるまい」

黎二郎は完全に言葉を失った。

断固拒絶する言葉は喉元までこみ上げているのに、口にすることができなかった。

父上と同じお役に就けば、なにかわかるかもしれぬ、

という太一郎の言葉が堪《こた》えているのは間違いない。

「一生の大事だ。すぐに返答せよとは言わぬ」

言うだけ言うと、敢えて黎二郎の答えを求めぬまま、太一郎は帰って行った。

「ゆっくり、考えてくれ」

去り際の言葉は、当然深く黎二郎の胸に突き刺さった。

(ふざけやがって、くそ兄貴が)

黎二郎の腹立ちは、依然としておさまらない。

吉原へ来て、馴染みの見世に登楼《あが》り、馴染みの妓を抱いてもなお、おさまらなかった。

気持ちを鎮めるため、枕元に置かれた酒器を取り上げ、手酌で注いで何杯か呷《あお》る。

「黎さま」

素肌に妓の襦袢一枚を羽織ったしどけない姿の男を、美雪はうっとりした目で顧みる。

「ん？」

黎二郎も目を上げて美雪を顧みた。

美雪の白い頬には幾筋もの後《おく》れ毛がほつれ、最前までの男の行為の激しさを物語っている。気怠《けだる》げな様子で煙管《キセル》に葉を詰め、火をつける所作の一つ一つにも、男の気をひくための充分な色気があらわれている。廓《くるわ》の暮らしが長いため、意識せずにそうなってしまう。

だが、ただ手折《たお》られるためだけにそこに存在する廓の女にも、心はある。

男を恋い慕う心も、彼のためなら命も要らぬと思う心も、その儚《はかな》い体の中にはちゃんと存在する。

黎二郎も、廓遊びを覚えて既に数年。伊達《だて》に妓たちを抱いてきたわけではない。その胸の裡にひそむ悲しみも、多少は理解しているつもりだ。

「俺にもくれよ」

「どうぞ」

美雪の差し出す吸いさしの煙管を受け取り、ひと吸いする。

深く吸った煙をゆっくり吐き出すと、煙と一緒に多少の怒りも吐き出されたものか。

(とはいえ、兄貴の言うことも一理ある)

もとより、婿養子に入る気など毛頭ない黎二郎だが、放蕩の限りを尽くしていると

はいえ、来嶋家の男子であることをやめたつもりはない。

亡父の死になんらかの疑惑があるなら、それを明らかにするのは息子の務めだ。

(けど、婿養子ってのはなぁ……)

黎二郎は苦い顔つきで煙を吐く。

(それに、そんな理由で婿養子になるのは、相手の女にも失礼じゃねえのかよ)

「どうなさったの、黎さま?」

ふと、その背に甘くしなだれながら、美雪が問う。

「どうもしねえよ」

「だって、むずかしいお顔をなさってる」

「そうかぁ?」

気のない顔で返答しながら、だが黎二郎は、肩に凭《もた》れる美雪の体を抱き返し、自ら

の膝の上に抱き竦《すく》めた。

「あ……」

「あんまり可愛い声、出すんじゃねえよ」

言いざま、吐息の漏れる美雪の口を、自らの唇で塞《ふさ》ぐ。唇を合わせるだけで、女の体が忽《たちま》ち甘く溶けだしてしまうやり方を、黎二郎は知っている。

「だめ…黎さま」

黎二郎の胸に両手をあて、美雪は軽く抗《あらが》った。このまま再び褥《しとね》の中に埋められては、最早正気が保てなくなる。

「だから、そういう可愛い声出されると、男はその気になっちまうんだぜ」

苦笑しながらもう一度唇を合わせ、しかる後黎二郎は美雪の体を解放した。

黎二郎の膝の上から身を起こした美雪は、まるで生娘《きむすめ》のように全身を羞恥に染め、襦袢の前を掻き合わせつつ、彼から逃れる。

「なあ、美雪」

朱に染まった襟足をこちらに向けて黙り込んだ美雪の背に、黎二郎は問いかけた。

「もし、お前を身請けしたいっていうお大尽が現れたら、どうする?」

「え?」

「好きでもなんでもねえ相手でも、そいつと一緒に暮らす気になれるかい？」

「ええ、なれますよ」

だが、存外平然と美雪は応えた。

「なれるのか？」

「だって、ここからあたしを救い出してくれるんでしょう。苦界《くがい》以外は、どこでも極楽ですよ」

「…………」

「あたしは遊女なんですよ」

「美雪」

「だから、そんな酷《むご》いたとえ話、遊女に向かってするもんじゃありませんよ、黎さま」

「すまん、美雪。そんなつもりで言ったわけじゃねえ」

黎二郎は素直に頭を下げた。

最前褥の中で愛撫したときとは別人のように頑《かたく》なになってしまった女の背中に向かって、黎二郎は本気で詫びた。日頃男に身をひさいでいるからといって、心まですっかり遊女になりおおせている女は、滅多にいない。寧ろ、そんな我が身を憎み、呪っている。

「すまない、美雪」

黎二郎はもう一度詫びてから、ゆっくりと腰を上げた。

甘い女の匂いがする襦袢を脱いで、身繕いをはじめた男を、美雪は驚いて顧みた。

「黎さま、いまからお帰りになるの？」

「ああ、まだ四ツ前だ」

青地錦の着物に袖を通しながら、事も無げに黎二郎は応える。仮に、四ツを過ぎて大門が閉められたとしても、脇の潜り戸から出してもらうことは可能だ。

「そんなに急いで帰らなくても……」

背後に躙《にじ》り寄って、彼が着物を着るのを手伝いながらも、美雪は甘えた声をだす。

「黎さまこそ、気を悪くなさった？」

「どうして？　そんなわけねえだろ」

「じゃ、他の女のところへ行くの？」

「はは……まさか」

屈託のない声音で黎二郎は笑った。

「親分のところに帰るんだよ。俺は、用心棒だからな」

振り向きざまの黎二郎の笑顔があまりに眩しすぎ、美雪はもうそれ以上引き止めることができなかった。

四

「お手伝いいたします、義姉上《あね》」

厨《くりや》で夕餉の仕度をしていると、不意に背後から声をかけられた。

学問所から帰った順三郎が裏口から邸内に入り、更に勝手口から厨の中へ入ってきたのだ。

「芋《いも》の皮を剝《む》きましょうか」

「順三郎殿」

綾乃は驚いて、年若い義理の弟を顧みた。

お吉に千佐登のお傅《も》りを言いつけたので、夕餉の仕度は一人でしなければならない。家族と使用人、併せて六人分ほどだが、既に手慣れたもので、さほどの労苦とは思わなかった。

「そんな……いいのです、順三郎殿、男子がそのようなこと……」

義姉の隣に立つなり、当たり前のように包丁を手に取る順三郎に、綾乃は慌てて言い募る。

「順三郎殿にそんな真似をさせては、義母上様にあわせる顔がありませぬ」

「義姉上が当家にいらっしゃる前は、私が母上の手伝いをしていたのですよ」

とややはにかんだ笑みを見せつつ、器用な手つきで芋の皮を剝きはじめた義弟を、綾乃は驚いて見つめ返す。

「まあ」

綾乃が感心するあいだにも、順三郎は瞬《また》く間に二つ三つと芋の皮を剝いてゆく。まるで本職の料理人の如きその手つきに、綾乃はただただ舌を巻く。

「ところで、義姉上――」

包丁の手を止めて、ふと順三郎が義姉を覗き込んだ。

「はい？」

「黎二郎兄に、縁談が持ち上がっているというのは本当ですか？」

「…………」

「何故私にはお教えいただけないのでしょうか。私とて家族の一人ですのに」

「そ、それは……」

綾乃は困惑し、口ごもる。

「それで、お相手はどんなお方なのです?」

「順三郎殿……」

「教えてください、義姉上」

「私の口から申し上げるのは筋違いでございます」

身を乗り出さんばかりに問うてくる順三郎を、綾乃はさすがに持て余した。

厳しく躾《しつ》けられて育った綾乃には、たしなみ、というものがある。たとえ家族であっても、当事者でない者が、妄《みだ》りに他者の事情を人に話すものではない。

「ねえ、義姉上――」

「順三郎殿」

綾乃はふと厳しい表情を見せ、順三郎を見返した。

「一体誰から、その話を聞いたのです?」

「え?」

「あなたは、家族でありながら黎二郎殿の縁談話を聞かせてもらえぬのはおかしい、とおっしゃいました。誰も話していないのに、あなたは誰から聞いたのです?」

「それは……」

鋭い口調で問い返されると、気弱に目を伏せ、順三郎は口ごもる。

「立ち聞きなさいましたね」

「申し訳ありません」

順三郎は素直に詫びた。

「聞こえてしまったもので……」

「言い訳をなさってはいけません。あなたは武家の男子でしょう」

「はい」

「よいですか、順三郎殿、これは黎二郎殿の問題です。いかに家族と雖《いえど》も、無闇に立ち入るべきではありません」

「いえ、立ち入るなどと……私は、ただ——」

「面白半分の好奇心も、いけません。これは、黎二郎殿にとっては一生の問題なのです」

「…………」

「ですが、どうしても知りたいのであれば、義母上様か太一郎殿にお訊きなさい。私の口からはなにも申せません」

「されど義姉上……」

順三郎は泣きそうな顔で食いさがる。

母にも兄にも——もとより、黎二郎本人にも到底訊けそうにないからこそ、義姉に頼んでいるのではないか。

——そんな堅いこと言わなくても、いいじゃありませんか、
と喉元に出かかる言葉を、順三郎がかろうじて呑み込んだとき、

「綾乃殿の言われるとおりです。恥を知りなさい、順三郎」

義姉よりも更に厳しい声音で叱責された。

厨の入口に立った香奈枝が、氷のような視線を向けている。

「だいたいなんです、男子がこのような場所に出入りするとは——」

「…………」

それについては、順三郎にも些かの不満はあるが、口には出さず、黙っている。

子供の頃から、母の手伝いをしていた、というのは本当のことだ。実はそれほど家事が得意でなかった香奈枝は、手先の器用な順三郎が台所仕事を手伝ってくれるのを、かなりあてにしていた。

(それを、なんだよ、あんまりじゃないか)

如何にお人好しの順三郎でも、文句の一つも言いたくなる。

「そんなに聞きたければ、聞かせてあげます。いらっしゃい」

「え？」

「私の部屋にいらっしゃい、順三郎」

「は、はいッ」

言い捨てて背中を向けた香奈枝のあとを、仔犬のように順三郎は追った。追いつつ、

（それにしても……）

思うともなく、順三郎は思った。

（義姉上は、母上とそっくりだ）

嫁として姑に仕えるうちに似てきたのか、それともはじめから、そういう女だったのか、順三郎に知る術《すべ》はなかったが。

五

「来嶋黎二郎です」

道場の入口に立ち、一礼して名乗った。

薄暗い道場の中には、稽古着姿の娘が一人、端座している。

「美緒でございます」

稽古着姿の娘は、眉一つ動かさず応え、座ったままで軽く目礼した。

化粧気のないその顔は少年のように凛々《りり》しいが、年頃の娘には到底見えない。

「遅れて申し訳ない」

「いいえ、刻限どおりでございます」

美緒は真っ直ぐ黎二郎の目を見返して言い、腰を上げてその場に立った。一分の隙もない、機敏な身ごなしだった。

「美緒殿？」

「余計な問答は無用かと存じます」

言いつつ美緒は己の膝の前に置いた竹刀《しない》を手に取り、隙もなく構える。

二刀を腰から外して傍《かたわ》らへ置いた黎二郎は、仕方なくそれに倣《なら》って竹刀を手にする。

「斯様《かよう》な仕儀でございます故、敢えて、立会人はたてませなんだ。それでも、よろしゅうございますか？」

「ええ、かまいませんよ」

黎二郎の口辺に苦笑が滲む。

立花家との縁談を受ける前に、一度お会いしたい、と太一郎に返事をしたところ、

太一郎は一体先方にどう話をしたのか、

——明朝六ツ、下谷御徒町《したやおかちまち》の伊庭《いば》道場にて、一手御指南願いたし
という見事な筆跡の書状が、昨日来嶋家経由で黎二郎の許にもたらされた。

(明《あけ》六ツだぁ？　ふざけんなよ！)

一読するなり、黎二郎は当然激昂した。

何年も自堕落な生活を送っているのだ。自慢ではないが、夜明け前に目が覚めることなど、先ずあり得ない。だが、

「万一、約束の刻限においでいただけない場合には、当方との勝負を怖れ、尻尾《しっぽ》を巻いて逃げたものと判断させていただきます」

との追伸《ついしん》に、黎二郎の怒りはその極に達した。

逃げた、と思われるのは、他の何にも勝る武門の恥だ。

(よし、わかった。たとえ一睡もせずとも、出向いてやる)

文を届けに来た使者に向かって、必ず刻限にまいる、と黎二郎は告げた。

浅草の伝蔵親分の家を出たのは、七ツ前だ。とにかく、指定された下谷の道場に向かった。

伊庭道場といえば、心形刀流《しんぎょうとうりゅう》だ。開祖・是水軒秀明《ぜすいけんひであき》が一派を成したのは天和《てんな》二年

（一六八二）頃のことである。江戸では名のある古い流派だ。

黎二郎が免許皆伝を許されている直心影流《じきしんかげりゅう》もまた、元々他流試合をいとわぬ流派で、歴史も古い。

（小生意気な娘剣士がッ）

内心の腹立ちを隠して、黎二郎は美緒と対峙した。

「来嶋さま」

「はい？」

「木刀のほうがよろしければ、私は一向かまいませぬが——」

「いや、竹刀でかまわぬ。当流は、他流試合に慣れておる故」

「左様でございますか」

「それに、木刀など用いて、万一あなた様のお顔に傷をつけては申し訳ない」

「…………」

その瞬間、美緒は火のような目をして、黎二郎を睨んだ。ものの見事に、黎二郎の挑発にのったのだ。

黎二郎が見え透いた言葉で美緒を挑発したのは、それほど彼女が強敵であることを瞬時に見抜いたからだった。挑発にのって気持ちを乱した美緒に、それがわかる筈もない。

「では、お約束をお忘れなく――」

口調こそは冷静を装っているが、声音は怒りにふるえていた。

「はい。仰せのままに」

間合いをとって対峙した瞬間、黎二郎は溢《こぼ》れるような笑顔をみせた。馴染みの妓たちなら一様に頬を赤らめるところだが、美緒にとっては忌々《いまいま》しいだけの笑顔であろう。

(かなり怒らせたな)

黎二郎は内心ニヤリとする。

武芸自慢の女子は、だいたい勝ち気で気性が激しい。それ故、男子も顔負けの修行に耐えて相応の技を身につけることができる。しかし、気性の激しさは、勝負に於いては諸刃《もろは》の剣だ。

元々、黎二郎自身が気性の激しいほうで、子供の頃から、師匠にはよく戒《いまし》められた。

負けん気の強さ故、兄の太一郎より先に上達したが、実際に立ち合ってみると、三本に一本、いや、二本に一本は確実にとられてしまう。

「お前は、勝とうという気持ちが強すぎる。勝負には際しては、あくまで無心でなければならぬ」

師の言葉の意味が、当時はさっぱりわからなかったが、そこは黎二郎なりに工夫した。勝負のとき勝ちにこだわるのは、剣士として当然だ。なかなか無心になどなれるものではない。だったら、相手の気持ちを、掻き乱してやればいいではないか。手っ取り早いのは相手を怒らせてしまうことだ。

この方法は、太一郎相手には、不思議なほどによく効いた。

「お前は汚いぞ、黎二郎」

生真面目な太一郎は、立ち合いの前になると必ず、兄が怒りそうな暴言を吐く弟に容易く激昂した。

しかし、汚い手を使って勝つうちに、黎二郎の心も多少は成長する。やがて免許皆伝を許される頃になると、汚い手を使わずとも試合に勝てるようになり、師の言葉の意味も朧気《おぼろげ》に理解できるようになった。

(ほう……さすがは目録を許されるだけのことはあるな)

ゆっくりと正眼に構えながら、黎二郎は八相に構えた美緒の、頭から足先までを改めて観察した。

八相は、刀を持つ上で腕に負担がかからぬため、真剣勝負ではよく使われる構えだ。いまにも斬りつけそうな気色《けしき》をみせ、摺り足で間合いを詰めようとしてくるので、その分黎二郎はジリジリと後退した。間合いを、詰められたくないのだ。

焦れた美緒は、床を蹴って大きく踏み出しざま、黎二郎の逆胴めがけて打ち込んできた。

ガッ、
竹刀の鍔元《つばもと》に受け止めつつ、

(生半可《なまはんか》な腕じゃねえな)

黎二郎は内心舌を巻く。

これまで縁談が持ち込まれる度、その相手を悉《ことごと》く打ち負かしてきた、という。自分を打ち負かすほどの相手でなければ、婿《むこ》にはしない、とも聞いている。

受け止めた竹刀を力で押し返し、黎二郎は再び後退《あとじさ》って間合いをとった。

「…………」

黎二郎を見据える美緒の両目には、本物の瞋恚《しんい》が漲《みなぎ》っている。

逸る心を懸命に抑えて、美緒は右足を引き、体を右斜めに向け変えた。刀を右脇に取り、剣先を後ろに下げた脇構えだ。

そうすると、自身の左半身が無防備になり、相手の攻撃を誘うことになる。自ら攻撃しようとはせず、間合いを保ち続ける黎二郎に焦れ、敢えて仕掛けさせようとの魂胆だろうが、もとより黎二郎はそれには乗らない。

正眼の構えを崩すことなく、美緒の周囲に半円を描くような形で移動し、見事なまでに間合いを保つ。

美緒が如何に焦れているか、黎二郎には手にとるようによくわかる。このまま焦らし続ければ、畢竟《ひっきょう》大きな隙が生じ、易々と勝利をおさめることができる筈だ。

だが、そう思う一方で、

(本当に勝っていいのか？)

黎二郎は少しく迷っている。

この勝負に勝てば、黎二郎は美緒の婚約者として認められることになるが、それは果たして正しいことなのか。婿入りする気もないのにここで美緒を打ち負かしてしまってよいものか。寧《むし》ろ、負けたほうがよいのではないか。

負ければこの縁談はこれまでとなる。

そんな黎二郎の逡巡が、大いなる隙として美緒の目に映ったのだろう。

ツッ……

美緒は足音もたてずに飛び込んできた。

(逆袈裟か)

黎二郎は当然そう思った。

体を斜めに、剣先は後ろを向いている。自身の左半身を無防備に相手にさらす代わり、自らも相手の右半身——殊に下半身を狙うことができる。

おそらく己の右胴を狙ってくるであろう竹刀を、黎二郎が手元で受け止めようとしたとき——。だが、

しゃッ。

美緒の竹刀は不思議な弧を描き、黎二郎の足下を狙ってきた。

(臑《すね》斬り!)

咄嗟に大股で後退することで、辛うじて避けたが、黎二郎は内心ヒヤリとした。

美緒の学んでいる心形刀流に、臑斬りの技はない。ただ、何代か前の高弟が一派をたて、その流儀には「臑斬り」という、通常の剣技にはない技が、奥義の一つとしてあるらしい、とも聞いていた。

臑斬りという技が存在するのは、武家の子女にとっての基本武道である「薙刀《なぎなた》」だけだ。剣を学ぶ以前に、美緒は当然薙刀の修練も積んでいた筈だ。臑斬りの技は、薙刀からの自然な応用であったに違いない。

はじめての臑斬りに慌てた黎二郎の危うい身ごなしに、美緒は勝機を見たのだろう。

間髪《かんはつ》容《い》れず、再度臑斬りを繰り出してきた。

黎二郎は、燃え滾《たぎ》る炎の上を歩くように無様《ぶさま》な身ごなしで、それを避けた。無様であっても、避けるのが精一杯だった。

(くそッ)

避けつつ、黎二郎の頭は、猛烈な速さで回転していた。この奇なる攻撃を避けつつ、同時に反撃に転じる方策を、必死に考えていた。

そして、考えついたとき、咄嗟にそれを実行に移す——。

臑斬りを避けるために、跳び上がって後退することをやめた。ただ、その場で、高く跳躍した。己の足の裏で、己の尻を蹴り上げる要領で。それと同時に、振り上げた竹刀を、真っ直ぐ振りおろす——。

そこには、黎二郎の臑を狙って振り上げられた美緒の、竹刀を握った手首がある。

振り下ろされた黎二郎の竹刀は、無防備な小手を強《したた》かに打ち据えた。

「痛ッ」

美緒は竹刀を取り落とし、手首を押さえる。

「一本」

すかさず黎二郎は言い放った。

「ということで、よろしいか？」

「…………」

血が滲むほどに唇を噛んだ後、

「まいり…ました」

美緒は応えた。

その無念の表情を見て、ほんの一瞬勝利の歓びを得たものの、更に一瞬後、黎二郎は後悔した。ここで美緒に打ち勝つということはつまり、彼女の許婚者《いいなずけ》になるということにほかならなかった。誰よりもそのことを痛感したのは、他ならぬ美緒自身であった。

「改めてご挨拶させていただきます」

その場に膝を揃えて座ると、

「立花三左右衛門が息女、美緒にございます。重ね重ねのご無礼、ご容赦くださいませ」

膝の前に指をつき、深々と頭を下げる。

「あ、いや……こちらこそ……」

黎二郎も慌てて腰を下ろし、頭を下げた。

「来嶋黎二郎でござる」

丁寧な口調で名乗りながら、

（まずい……）

端麗な顔からは、忽ち血の気がひいていった。

第五章　影の正体

一

それからひと月。

悪夢を見るような思いで、黎二郎は過ごした。文字どおり、あれよあれよという間に話は進み、正式に仲人《なこうど》をたてて結納《ゆいのう》を、という運びになったのだ。

試合で美緒に勝ってしまったことを如何に後悔しようと、あとの祭りだった。

「なんとかしてくれよ、兄貴〜ッ」

黎二郎が、とうとう太一郎に泣きついたのは、結納の日取りが決められた後のことである。

「なんとかしろと言われても……」

「俺が、本当にあんなご大身《たいしん》に婿入りできると思うか？」

「しかしお前は、なにもかも承知の上で、美緒殿と立ち合ったのであろう」

「そりゃ、勝負挑まれたから、仕方なく……」

「いやなら、わざと負けるという手もあった筈だ」

「俺だって、そのつもりだったんだよ」

「では何故、そうしなかった？」

「そりゃあ、あいつが……」

（強すぎたからだ）

とは言えず、黎二郎は途中で言葉を濁した。

その瞬間の黎二郎の気持ちは、黎二郎自身にも説明がつかない。一度は美緒に勝ちを譲ることを考えながら、臑《すね》斬りの技を見せられた途端、その技を破ること以外、なにも考えられなくなった。

そして気がついたら、勝ってしまっていたのである。

しかし、あの場にいたのは、美緒と黎二郎の二人きりである。審判どころか、立会人の一人もいなかった。

それ故美緒には、すべてをなかったことにする、という選択肢もあったはずだ。

だが、そうしなかったのは、彼女に、剣士の誇りがあったからだろう。鼻持ちならない大旗本の娘で、己の武芸を鼻にかけたような女であれば、この負けを恥とし、権柄《けんぺい》尽《ず》くでもみ消すことは可能であった。誰一人、見ていた者はいないのだ。

しかし、悔しい気持ちを抑え込んで、美緒は自ら負けを認めた。

勝ち負けにこだわるちっぽけな自尊心よりも、剣士としての誇りを優先した美緒を、黎二郎もまた、剣士として遇した。

その結果が、これだ。黎二郎には、些か理不尽な気がしてならない。

「では、破談にするか？　結納を取り交わす前ならば、破談とは言わぬかもしれぬが」

黎二郎の煮え切らなさに業を煮やした太一郎から厳しく問われても、黎二郎は返答できなかった。

「どうなんだ？」

「けど、それは……」

「なんだ？」

「だから、向こうに恥かかすわけにはいかねえだろ」

「しかし、貴様には婿入りする気はないのだろう？」

「…………」

「あるのか？」

「ねえけど」

「けど？」

「そういう約束だったし……」

「では、婿入りするのか？」

「それは、いやだけど……」

「よい加減にせいッ」

太一郎は遂に激昂した。

「貴様、一体どういうつもりだ。その気がないなら、放っておけばよいものを、なまじ立ち合い、勝った上に、まだうだうだと煮え切らぬ態度を──」

「すまねえ、兄貴ッ」

太一郎の剣幕に恐れを成し、黎二郎は潔《いさぎよ》く詫びた。兄になんとかしてもらいたい、という甘えも、無論ある。

立ち合いの数日後、黎二郎は太一郎とともに立花家を訪問した。

「よう参られた」

主人の三左右衛門は、気性の激しい美緒とは似ても似つかぬ温厚そうな中年男で、太一郎にも黎二郎にも、かなり気を遣っているように見えた。

「いや、此度《こたび》は本当によいご縁をいただいた。無事にまとまり、本当によかった。……黎二郎殿には、あのはねっ返りを打ち負かしていただき、まことに有り難く存じまする」

その恐縮ぶりに、太一郎は僅かな違和感をおぼえた。

「当家にとっても、またとない良縁。榊原様にも、堀田様にも、なんとお礼を申し上げればよいか……」

と三左右衛門が口走るのを聞き、太一郎はその違和感の正体を理解した。それ故念のため、問い返した。

「堀田様とは、若年寄の堀田摂津守《せっつのかみ》様のことでございますか?」

「おお、若年寄の堀田摂津守様じゃ」

鸚鵡《おうむ》返しに、三左右衛門は答える。

「儂もまさか、堀田様が当家の後継ぎのことをお気にかけてくださるとは思いもよらなんだが……ありがたいことじゃ」

「左様でございましたか」

武芸自慢の美緒の噂を聞きつけた若年寄の堀田が、誰か腕の立つ若者はおらぬか、と左近将監に訊ね、それで岳父が、黎二郎のことを思い出してくれたのだろう。

縁談の経緯はそれで朧気《おぼろげ》に理解できたが、しかし、それでもなお、一つの謎が残る。

「おかしいぜ、兄貴」

三左右衛門がふと席を立ち、室内に太一郎と黎二郎の二人だけが残されたとき、黎二郎はその疑問を太一郎の耳許で囁きかけた。

「なあ、おかしいと思わねえか?」

「なにがだ?」

「だってよう、俺の一体なにが、そんなに嬉しいんだよ?」

「おい、黎二郎——」

「俺が、札付きの悪だってこと、知らねえのかな?」

「やめぬか、黎二郎」

弟を窘《たしな》めつつも、だが太一郎自身が誰よりもそれを不可解に思っていた。

岳父とて、黎二郎の行状については薄々聞き及んでいる筈である。知った上で、それでも黎二郎を立花家の婿に勧めてくれたとすれば、来嶋家と太一郎にとっては有り難い限りだが、古くからの友人である若年寄の堀田や、立花三左右衛門の信頼を裏切る非道《ひど》い行為なのではあるまいか。

（いや、黎二郎とて、正真正銘のろくでなしというわけではない。何より、直心影流免許皆伝の腕に嘘偽りはないわけで……義父上は、噂に惑わされることなく、黎二郎の本性を信じてくださったのだ）

太一郎は、無理にも己にそう言い聞かせることにした。そうしなければ、太一郎とて、その最大の疑問を直接三左右衛門に問うてみたい衝動を抑えることができそうになかった。

それから二人は茶室にとおされ、そこで、美緒から茶をふるまわれた。

道場では少年のようにしか見えなかった美緒が、髪を島田に結い、薄化粧をし、淡い朱鷺《とき》色地に友禅模様の小袖を身につけていた。武家の娘らしい清冽な美しさに、黎二郎は少しく目を見張った。遊廓の傾城《けいせい》たちを見馴れた黎二郎の目には、それは些か新鮮でもあったろう。

「父が、喜んでおりましたでしょう」

茶を点《た》てながら無駄口をきくのは作法に反するが、美緒は平然と――寧ろ、不敵な笑みさえ唇辺に浮かべて言った。

「以前、若年寄様からのお声がかりで持ち込まれた縁談の相手を、試合で、叩きのめしてしまったことがあるのです」

「え？」

太一郎と黎二郎とは、ほぼ同時に声を発した。

「あの折父は、若年寄様に合わせる顔がない、とそれはそれは、焦っておられました。『腹を切るしかない』とまで仰せられて……」

笑いを堪《こら》えて美緒は言い、

「私を打ち負かしましたること、後悔なされているのではありませんか、黎二郎様？」

鋭く黎二郎に問いかけた。

（ああ、後悔してるよ）

とは言わず、

「見違えたよ。あんた、意外と奇麗なんだな」

百戦錬磨の傾城たちを容易く擒《とりこ》にしてきた笑顔を見せつつ、黎二郎は言った。

女たちが挙《こぞ》って魅せられる魔性の笑顔を、美緒もしばし直視した。果たして魅せられたのかどうか。それきり美緒は口を閉ざし黙って茶を点てた。太一郎と黎二郎も黙ってその茶を喫し、菓子を食べた。

「お前、いくらなんでもさっきのあの言い草は、無礼ではないか」

帰り際、立花家の門を出たところで、太一郎は小声で黎二郎を窘《たしな》めたが、

「なんでだよ？　俺は褒めただけだぜ」

黎二郎は一向悪びれなかった。

そのときはまだ、立花家に婿入りするということを、さほど実感できていなかったのだろう。


「それで、一体どうして欲しいのだ？」

呆れ果てた太一郎は、寧ろ憐れむような目で黎二郎を見た。

悄然と項垂《うなだ》れたきり、さすがに目の前の酒に手をつける気にはなれないようだ。太一郎は、注《つ》ぎかけた酒を途中で止めて自らの盃に注ぎ、ゆっくりと飲み干した。

「立ち合いで美緒殿に勝ち、婿の資格を得たが、婿入りする気はない。かといって、破談にもしたくない、などという馬鹿げた願いを、どうしたら、先方に受け入れてもらえると思うのだ？」

「だから、もうちょっと、待ってもらえねえかと……」

「もうちょっと？」

「だってそんな、一ヶ月かそこらで、てめえの一生を決められるかよ？　結納とかそんなのは、もう少し先でもいいんじゃねえのか？」

「もう少し先とは、どれくらい先のことだ？」

「………」

問い返されて、黎二郎は容易く返答に窮する。

「立花殿は、お前のような者でも、婿として迎えると仰ってくださっているのだぞ。そのお気持ちを無下《むげ》にして、申し訳ないとは思わぬのか？」

「だから、無下にするとは言ってねえだろ」

「では、婿入りする気はあるのか？」

「ああ」

不承不承に、黎二郎は肯《うなず》いた。

「ならば、問題ないではないか」

「だからそれを、も少し、先に延ばしてもらえないか、って頼んでるんだよ」

「先延ばしにして、なんとする？」

「覚悟…するよ」

「覚悟？」

「立花の家の婿養子になるっていう覚悟だよ」

「今頃になってお前、なにを……」

「来嶋の名を、捨てるんだぞ」

黎二郎の言葉に、太一郎はハッと息を止めた。

「長男の兄貴には、わかんねえかもしれねえけどな、てめえが生まれた家を捨てて、別の姓を名乗るってのは、男にとっては、そんなに簡単に受け入れられるもんじゃねえんだよ」

「…………」

「婿にはなる。それが、潔《いさぎよ》く負けを認めたあいつへの礼儀ってもんだ。けど、そんなに急がせないでくれよ。頼むよ、兄貴」

真摯に頭を下げてくる黎二郎を前に、太一郎はただ戸惑うしかなかった。

「長男の兄貴にはわからねえ」

と言われて、太一郎ははじめて、武家の次男以下に生まれた者たちの悲哀を知った気がした。母の香奈枝から、あれほど執拗に、

「兄として、来嶋家の当主として、弟たちの身が立つようにはからってやるのがお前

の務めなのですよ」

と言い聞かされてきたというのに、その本当の意味が、まるでわかっていなかったのかもしれない。何故なら、長男である太一郎に、来嶋の名を捨てる、などという選択肢は、存在し得なかったからである。

（生まれた家の名を捨て、他家の者として生きていく——）

それを我が身に置き換えて考えたとき、太一郎ははじめて、黎二郎の気持ちを理解することができた気がした。これまで黎二郎が行ってきた放蕩無頼の暮らしも、或いは来嶋家の子弟で居続けたいがための悪足掻《あが》きだったのかもしれない。

（母上は、それをご存知だったのか）

香奈枝が、事あるごとに黎二郎を庇った真意も、或はそのあたりにあったのか。

すべてがわかってみると、黎二郎には形ばかりの説教をしながら、実際には己の保身しか考えていなかった浅はかさ、身勝手さが、自分でも許し難く思えた。

それ故、太一郎は、

「わかった」

力強く請け負った。

「結納を、もう少し先に延ばしてもらえるよう、三左右衛門殿にお願いしてみよう」

「本当か？」

「ああ、頼んでみる」

「すまねえ、兄貴」

「いや、当然だ」

頷きながらも、太一郎の心中は複雑だった。

何故もっと早く、黎二郎の本心に気づいてやれなかったのか。そのことが、ひたすらに悔やまれた。

「ところで黎二郎――」

「ん？」

胸のつかえがとれて、やっと酒が喉《のど》をとおるようになったか、目の前の膳から朱塗りの盃を手にとった黎二郎は、そのまま目線だけ太一郎に向ける。

「結納は先延ばしにするとしても、そろそろこの家に戻ってきたらどうだ？」

「どうして？」

「まさか、博徒の家や妓楼から、結納の席に出向くわけにはゆかぬだろう。いまから、暮らしを正しておかねば――」

「まさか、結納の前日くらいは帰ってくるよ。それに、結納交わしたからって、すぐ祝言てわけじゃねえんだろ」

「それはそうだが」

「伝蔵親分には、新しい用心棒が必要だろ。それも腕の立つ。……新しい用心棒が見つかるまで、俺がついててやらねえと。親分には、随分世話になってんだからよう」

「お前まさか、親分の用心棒が見つからぬから、結納を先延ばしにしろ、と言ってるわけではないだろうな?」

「違うよ」

少しく憮然として黎二郎は答え、盃の中の酒を飲み干した。注いでやろうかと思ったが、酒器の中味が空であることに気づいて太一郎は手を止めた。居酒屋ならば遠慮なく酒の追加を注文できるのに、家では何故か気がひける。

(頼んだからといって、綾乃はいやな顔など見せまいが……)

思うものの、だが太一郎は、やはり逡巡してしまうのだった。

二

七代目海老蔵《えびぞう》が、舞台中央で懸命に勧進帳を読み上げるさまに、しばし太一郎も感心して見入った。

弁慶《べんけい》役の海老蔵が、主君である義経《よしつね》を断腸の思いで打擲《ちょうちゃく》するところでは、不覚にも涙が溢れた。

（芝居など、所詮女子供の喜ぶものと決めつけていたが、いや、これはなかなか……）

やがて幕が下り、幕間《まくあい》となったときには、すっかり感動していたのだが、それは隣にいる香奈枝には気取られたくない。素早く涙のあとを拭い、席に弁当が届けられるまでには、完全に表情を消すことに成功した。少なくとも、本人はそのつもりだった。

「一体なんのおつもりです、母上。何故、私をこのような場所へ――」

「いいから、お弁当をいただきなさい。じきに二番目がはじまります」

幕の内弁当の蓋を取って太一郎に勧めながら、涼しい顔で香奈枝は言う。今日はまた、真新しい薄紫の紗綾形《さやがた》の着物を纏っている。金糸銀糸がふんだんに使われた緞子《どんす》の帯は、或いは倹約令にひっかかりそうな豪奢さだが、香奈枝は一向平然としていた。

自らも弁当を開けると、ひと口箸をつけてから、また言う。

「このあと、二番目にかかる世話物では、男女の色恋が描かれています。お前のように無風流で女心を解さぬ無骨者は、芝居でも見て、少しは男女のことを学びなさい」

「なにを仰せられます。それがしは既に妻のある身でござる。なんで今更、男女のことなど……」

憮然として太一郎が言いかけるのを、

「お前がそんな風だから、綾乃殿に無用の気をまわさせることになるのです」

ピシャリと言って、黙らせた。

そう言われると、太一郎には一言も返す言葉がない。

非番なので、たまには朝寝坊しようと思っていたら、

「今日は母につきあいなさい」

といきなり叩き起こされ、有無を言わさず連れてこられたのが芝居小屋だった。

「私は芝居など……」

行く先が判った途端、太一郎は当然抗ったが、

「いいから、来るのです」

例によって、逆らうことなど、許されなかった。殆ど、手を引かれるようにして連れてこられた。通常四人前後が定員の桟敷席に母子二人水入らず、という贅沢ぶりである。太一郎はさすがに不安になり、

「母上、茶屋への支払いは……」

「しッ、黙りなさい。芝居がはじまる」

言いかける言葉を、だが強引に遮られた。

さすがは通い慣れているだけに、芝居小屋のすべてを、香奈枝は知り尽くしているようだった。恒例の「三番叟《さんばそう》」は既に済み、まもなく一番目の幕が上がった。

武家の子弟は、通常芝居小屋などには出入りしない。芝居は庶民の娯楽である。だから、武家の妻女にとっても、出入りするのに相応《ふさわ》しい場所とはいえない。

『勧進帳《かんじんちょう》』は、巷間《こうかん》よく知られた話でもあり、主君に忠義を尽くすという、武士の生き様そのものが主題となっているため、太一郎は忽ちひきこまれ、夢中になって見てしまった。

「芝居というのは、なかなかに面白きものですね、母上」

心に湧いた言葉を押し殺しながら弁当を食べるのは、少しく淋しい作業であった。

無風流な無骨者かもしれないが、太一郎とて、良いものと悪いものの区別くらいはつく。生まれてはじめて見た芝居は、間違いなく「良いもの」だった。その素直な感想だけでも母に伝えたかったが、強引すぎる母への意地を見せるには、頑なに口を閉ざしているしかない。

「ところで、太一郎――」

それ故、先に口を開いたのは、またしても香奈枝のほうだった。開いたときには、豪勢な幕の内弁当を粗方平《あらかた》らげている。限られた時間で食事を終えるのも、芝居見物の常識である。グズグズしていては、次の芝居の幕があがってしまうのだ。

「徹次郎殿の許《もと》を、訪ねたそうですね」

「え？」

太一郎の箸が、ピタリと止まる。

「ご城内で、一体なにを聞いてきました？」

「…………」

「父上の死が、常ならぬものであったとでも、聞いてきましたか？」

「そ、それは本当なのですか？」

思わず身を乗り出して、太一郎が問い返すと、

「たわけッ」

香奈枝は一喝した。

「なんと、愚かな！」

「母上」

「なにか聞いたというなら、何故真っ先に、この母に訊ねないのです？　母が、お前に偽りを言うとでも思ったのですか？」

「いえ、そんな……」

「では何故、徹次郎殿のところへ行ったりしたのです？　この母よりも、徹次郎殿の言葉のほうが信用できると思ったからなのでしょう」

「いいえ、断じて、そのようなことでは――」

「情けなや、太一郎。この母を信じられぬとは……」

「だ、断じて、そのようなことはございません。……母上、申し訳ございませぬ」

太一郎は同じ言葉を繰り返し、ただただ平身低頭した。

その話し声は、蓋《けだ》し両隣の桟敷席にも筒抜けだったに違いない。

「父上の……慶太郎殿の死を、私のいないところで、軽々しく語るでない、たわけ者ッ」

香奈枝の叱責は、太一郎の腸をグサリと抉《えぐ》った。

「慶太郎殿は、あの夜、たまたま通りかかった居酒屋の前で、酔っぱらい同士の喧嘩に巻き込まれた。仲裁しようとして、うっかり斬られたのじゃ」

「………」

「それ以外の、なにを知りたい？　何故その夜に限って喜助を帰し、お一人でお出かけになったのか？　直心影流免許の腕を持ちながら、何故たかが酔っぱらい如きの喧嘩の刃で命を落とすことになったか、母の口から聞かされたいか？」

「喜助は、その日体の具合が悪く、それ故下城のお迎えには行ったものの、一人先に帰されたのだと……」

「違います」

「違う？」

「女です」

「え？」

「父上には、女がいたのですよ」

「ま、まさか」

「まことじゃ」

「そんな……」

「父上には……慶太郎殿には、女がいたのです。あの夜慶太郎殿は、女に逢うため、喜助を帰し、お一人であの場所へお出かけになったのです。不覚をとったのは、心が女に向けられていたせいでしょう」

太一郎は完全に言葉を失い、ただ母の顔を茫然と見つめ返した。

「どうしました、太一郎？」

「…………」

「母の口から、真実を聞くことができて、満足ですか？」

「母上……」

「満足なのかと、聞いているのです。答えなさい、太一郎ッ」

強すぎる母の視線から、太一郎は思わず目を逸らした。言葉も視線も、まるで鋭い切っ尖のように、そのとき太一郎の体を貫き、心を切り裂いた。


「どう思う、黎二郎？」

「どうって、言われても……」

兄に詰め寄られて、黎二郎は困惑するばかりである。

「あの父上に、母上以外の女がいたなどと、お前、信じられるか？」

「それは、なんとも……あの頃俺は、まだほんのガキだったし……」

「それがどうした？」

「父上がどんな男だったかなんて、ガキにわかるわけがねえだろ」

「なんだと！」

「だから、俺にはわからねえよ」

「たわけ、そんなわけがないではないかッ！」

黎二郎が注ぎかける酒を、注がれるそばから太一郎はグイグイ飲み干す。

先日黎二郎に連れてこられて以来、太一郎はすっかりこの店がお気に召したようで、凄い勢いで伝蔵親分の家を訪ねてくるなり、「話がある。この前の店に連れて行け」と、黎二郎を誘った。

馬道の居酒屋《富久》は、今日もまだ陽の高いうちから大盛況だ。

店内の騒がしさも相変わらずなので、太一郎が多少声を荒げても注目を浴びることはない。そのあたりの匙加減は、彼にもわかってきたようだ。見境なく、ではなく、ちゃんと周囲のざわめきにあわせて声を荒げている。

「そうではないか、黎二郎？」

「けど、あのおふくろ様が、そこまで言ったんだろ。あながち出鱈目《でたらめ》とも思えねえけどな」

「黎二郎」

「まあ、聞けよ。自分の亭主に女がいたなんて不愉快な話、普通口に出したくもねえだろう。ましてや、息子相手に――」

「………」

「なあ、兄貴」

「ん？」

「兄貴は、おふくろ様が、なんでいままで再婚しなかったと思うよ？」

「なんだ、藪から棒に――」

ふと改まった黎二郎の問いに、太一郎はしばし戸惑う。

「それは、我ら兄弟と来嶋の家名を守るために……」

「だったら、徹次郎叔父上が家督を継いだとき、叔父上と再婚したっていいじゃねえか。叔父上はおふくろ様にべた惚れだったんだし……兄貴の未亡人と部屋住みの弟が再婚するなんざ、別に珍しいことじゃねえだろ」

「………」

「叔父上はともかく、他にも再婚の話なら山ほどあった筈だ。なにしろ、あの器量だからな。叔父上が妻《めと》を娶らなかったからいいようなものの、もし妻を娶って、子供でもできてたら、あの家で、ずっと肩身の狭い思いをしなきゃならなかったかもしれねえんだぜ」

「おふくろ様が再婚しなかったのは、それほど、父上に惚れてたからだろうよ」

黎二郎の口から溢れる熱い言葉の数々を、半ば呆気にとられて太一郎は聞いていた。

「それほど父上に惚れてたおふくろ様が、たとえ戯《ざ》れ言《ごと》でも、『女がいた』なんて、口にすると思うかよ。それを、信じるか信じねえか以前に、おふくろ様にそこまで言わせちまったことが、俺には情けねえよ」

「黎二郎……」

太一郎はぼんやり黎二郎を見返した。

女好きの放蕩児。真面目に励むことが大嫌いで、己に甘い自堕落な人間と思っていた黎二郎が、そこまで真摯《しんし》な気持ちで母を思っていたとは、意外をとおりこして、大いなる驚きであった。果たして自分は、そこまで深く、あの母を理解していただろうか。

(いや、俺はなにもわかっていなかった)

太一郎は激しく己を恥じた。

亡き父への操《みさお》を守り、常に厳しい言葉で息子たちを叱咤してきた母を、子供の頃から敬ってきた。長じて後は、考え方の違いが言葉の隅々に見え隠れするようになり、多少の齟齬《そご》を感じるようになったが、変わらず敬い続けた。それが、子としての務めと信じていたからだ。

だが黎二郎は、言葉つきこそ乱暴で、ときには聞くに堪えない暴言まで吐きながらも、母を理解し、心から敬愛している。

その深くて強い絆が太一郎には心底羨ましく、一抹《いちまつ》の妬ましささすら感じたとき、

「ときに黎二郎、徹次郎叔父上が、母上にべた惚れとは、一体どういうことだ？」

太一郎はふと、黎二郎の言葉を思い返し、問い返した。

（え？　今更、それを聞くのか？）

黎二郎は内心閉口する。

しかし、今更ながらの兄の疑問に答えているより、もっと重要な問題があることに、黎二郎も漸《ようや》く気がついた。

「そんなことより、今日は芝居見物だったんだろ？」

「ああ」

「芝居のあと、おふくろ様はどうしたんだよ？　おとなしく帰ったのか？」

「いや、席を手配してくれた茶屋の主人に挨拶をしてから帰るそうだ」

「ふうん……またぞろ役者買いか。好きだねぇ」

猪口の酒をクイッと飲み干しざま、黎二郎は意味深な笑いを口辺に滲ませる。

「なんだ？」

太一郎はそれを見咎める。

「なんでもねえよ」

「なんでもないことはあるまい。……だいたい、役者買いとは一体なんだ？」

真顔で問い詰められて、

「お気に入りの役者を酒席へ呼んで、一杯やることだよ」

仕方なく黎二郎は答えた。

その途端、太一郎の顔色が著しく変わる。

「まさか、母上がそのような淫らなふるまいをなさるとは……」

「別に、淫らなことなんぞねえよ」

黎二郎は慌てて言い募った。

「おふくろ様は、ただ贔屓の役者を呼んで、一緒に酒を飲んでるだけだろうぜ」

「役者風情と同席すること自体、問題なのだ」

「なにが、問題なんだよッ」

心ない太一郎の言葉に憤り、黎二郎はつい声を荒げた。

「役者風情とは、よくぞぬかしたな。てめえはそんなにお偉いのかよ、クソ兄貴ッ」

「なに？」

黎二郎の罵声に、太一郎も忽ち顔色を変える。

「貴様、黙って聞いていれば——」

「役者買いか」

だが黎二郎は、ふと我に返って猪口を持つ手を止めた。

「いま、何時《なんどき》だ？」

「…………」

「何時だって聞いてんだよ」

「いましがた、五ツの鐘が鳴りましたよ」

問われた太一郎の代わりに、酒と肴を運んできた店の小女《こおんな》が答える。

「五ツ？」

「はい」

「まずいな」

不意に青ざめた顔で長床子《ながしようじ》から腰をあげ、

「勘定にしてくんな」

言いつつ、懐から財布を取り出そうとする。

「どうした、黎二郎？」

「俺、行くよ」

「だから、どうして？」

「そろそろ、おふくろ様がお帰りだ。家まで送らねえと……飲み足りねえなら、兄貴はまだ飲んでろよ」

「おい——」

「悪ィ、今日は払っといてくれ」

言い捨てるなり、太一郎の返事も待たずに店を飛び出して行く。

「おい、黎二郎ッ」

呼び止めたところで、止まるわけもない。仕方なく、店の勘定を支払ってから、太一郎は弟のあとを追って店を出た。

太一郎が店を出る頃には、既に、そのあたりに黎二郎の姿は見られない。おそらく、店を出るなり走り出したのだろう。何処へ向かったのかは、太一郎にもなんとなく想像できた。香奈枝の話をしていて、血相を変えて飛び出したのだから、おそらく香奈枝の許へ行くのだろう。

だから太一郎も、とりあえず、そうすることにした。黎二郎がなにを考えているかまではわからぬが、何故急に顔色を変えたのか、それが気がかりだった。

三

お馴染みの役者・市川京弥は、一刻経っても、座敷に訪れなかった。

(来ぬか)

香奈枝は内心苦笑しつつ、膳の料理に箸をつけ、一人手酌で酒を酌んだ。

前回、少しきつく叱り過ぎたかもしれない。最近の若い子は、ちょっと厳しく接すると、忽ち恐れて離れて行く。血のつながった息子ならば、どんなに厳しくしようが、離れたくても離れられまいが、なんの縁《よすが》もない他人ならば容易く離れる。

(いっそ、離れて行ってくれるほうが、有り難い。我が子とて、一人前に育てば、最早他人も同然ではないか)

思うと、口中の酒がひどく苦く感じられた。

一刻ほど、独《ひと》り酒をたしなんでから、香奈枝は茶屋を出た。駕籠《かご》は呼ばず、歩いて帰ろう、と思った。またしても酷い駕籠舁《かき》にあたるのも面倒だし、今夜はそれほど酔っていないつもりだった。

頭上、星影は疎《まば》らであったが、群雲《むらくも》に被われながらも、ほぼ満月といってよい月が時折顔を出す。その月明かりは、足下の道を淡く照らしてくれていた。

だが、少し行ったところで、香奈枝はふと足を止めた。

止めねばならぬ理由が出来《しゅったい》したためだ。

「来嶋家の……奥方様ですね」

行く手に立ち塞がる相手が、低く言う。

闇に溶け込む色の紋服を着た武士である。

「いいえ」

香奈枝は軽く首を振る。

「私は後家でございますから、奥方ではありませぬ」

そして、そのまま相手の前を横切り、行き過ぎようとした。

が、相手はそれを許さなかった。

いや、或いは相手が一人であれば、強引に押し退けたかもしれない。

仮にそいつ一人を押し退けたとしても、香奈枝の行く手には、更に数名、紋服に袴を着けた武士がいて、一向に道を空けようとしなかった。武士たちのあいだでは、どうやら白刃も閃いているようだ。

「なんの真似です」

冷めた声音で、香奈枝は言い放つ。

言い放ったときには、袂の中で懐剣を抜いているが、それが本当に役立つものかどうか、自分でも疑っている。先日香奈枝を拉致《らち》しようとした駕籠舁たちとはわけが違う。相手は大刀を手にする歴《れっき》とした武士である。

(それも、ある程度武技を研《みが》いた者たち)

だと、香奈枝は感じた。

そんな危険な気配が複数……少なくとも、五人はいる。

「なあに、ほんのご挨拶でござる。それに、一応礼を申し上げておこうかと存じまして」

「礼？」

「ご子息相手に、実に見事な芝居をしてのけたことへのお礼でござるよ」

「………」

「七代目の熱演もかすむほどでございましたぞ、奥方様」

ゾッとするほど底低く、それでいて慇懃無礼《いんぎんぶれい》な相手の言葉つきに、香奈枝は心底嫌悪を覚えた。

もう半歩も踏み出せば間合いに入ろうという近さである。月明かりが雲より漏れているあいだに顔を見ようと思えば、しっかりその面体《めんてい》を見据えられようが、香奈枝はあえて見ようとはしなかった。

どうせ醜悪で下劣な顔をしているに決まっている。もし見れば、いよいよ気分が悪くなるだけだ。

「ならば、よいではありませんか。私は、息子たちに対しても、終生なにも語るつもりはありません。……空蟬殿《うつせみどの》、いえ、闇の公方様にも、そうお伝えなされませ」

「それを、信じろと申されるか?」

男は大仰に体を揺すりながら問い返した。その瞬間、男の体に焚《た》きしめられた甘ったるい香の匂いに鼻腔を擽《くすぐ》られ、香奈枝は軽い吐き気を覚える。

(麝香《じゃこう》?)

その匂いが、封印していたある記憶を呼び覚ましたからにほかならなかった。吐き気と眩暈《めまい》が、香奈枝の覚悟に拍車をかけた。

「信じられぬからこそ、わざわざ、この年増女の首一つとりにいらしたのでしょう」

気づいたときには、夢中で口走っていた。

「ならば、好きになされるがよい。夫亡き後《あと》、些か生き過ぎた年増の首をとり、手柄とされるがよろしかろう。どうせ、武士として——いえ、男子としての恥など、ご存知ないのでありましょうから」

「こ、このッ……」

相手が忽ち顔色を変えたことは間違いない。月が雲に隠れていても、怒りに歪んだ醜い顔は、容易に見てとれる気がした。

「死に急ぐか、女ッ」

麝香の男は、癇《かん》だった声をはりあげる。

「如何様《いかさま》」

「ならば望みどおり、殺してやるわッ」

背後に控える配下に命じるのではなく、言いざま、そいつ自身が抜刀した。抜くなり大上段に振り翳《かざ》すと、香奈枝の頭めがけて振りおろす。

「死ねッ」

怒声とともに振りおろされる切っ尖を、香奈枝は額のあたりに翳した懐剣で辛うじて受け止めた。

ガキっ、

と鋼《はがね》を激しく撥ねさせながら、香奈枝は男の刀を全力で撥ね返す。

「おのれぇッ」

撥ね返されて、男は更に激昂したであろう。

そこまでは、香奈枝の狙いどおりだった。

その先に待ち構える他の男たちの気配はどれも、目録以上の腕前の持ち主であるように思われた。その中で最も弱いのは、真っ先に立ち塞がったこの男であるということは、香奈枝にははじめからわかっていた。

弱い犬ほど虚勢を張り、よく吠えるものだ。

それ故香奈枝は、仮に刃を合わせるとしたら、この男より他にないとも思っていた。他の者では、刃を合わせる前に一刀両断されてしまうだろう。

「この、糞婆ッ」

麝香の男はその本性をあらわし、刀を振りまわしてきた。興奮して、闇雲に振りまわす刃なら、躱《かわ》すことはさほど難しくない。

香奈枝は、その切っ尖を、間際で躱し続けた。

刃風が、額と鬢の後《おく》れ毛を揺らす。

「その糞婆一人、満足に殺せぬとは、お笑い種じゃ」

冷たい刃で、皮膚を切り裂かれる恐怖に堪えながら、香奈枝はなおも、相手を挑発した。

（さあ、来るがいい）

その刃を避けて後退りながら、香奈枝は最後まで望みを捨てない。

即ち、死ぬことなどは考えもしないのだ。

ガッ、
避けきれないと思い、再び懐剣を体の前に翳して大刀の剣先を受け止める。

鋼の重みに、男の渾身の力が加わって、瞬間体が、ジン、と痺《しび》れた。

（最早、これまでか……）

白刃を抜き連れ、行く手を塞いでいた刺客たちが、そろそろと香奈枝の背後にまわりはじめている。

退路は断たれたも同然だった。

（ならば、せめて目の前の、このいやな匂いの男だけでも、殺すか深手を負わせるかしてやろう）

覚悟を決めた香奈枝は、懐剣を体の前で構え直し、一気に相手との間合いを詰めた。

「うッ」

意外に機敏な香奈枝の動きに意表を衝かれたのだろう。

狼狽《うろた》えるうちにも、髑香の男は、香奈枝の、間合いへの突入を容易く許した。

間合いに入ってしまえば、得物の長さの違いはさほど気にならない。寧ろ、大刀の手元へ飛び込まれた男は、香奈枝の鋭い切っ尖で、
ぎゅんッ、
と手首の皮膚を裂かれ、

「うぎょえ〜ッ」

その痛みに、絶叫した。

絶叫しつつ、無意識に後退ったとき、なにかに足を取られたのだろう。男は不意に、自らその場に尻餅をついた。

無様な姿を月明かりに透かし見て、声をたてずに香奈枝は嗤《わら》う。

「こ、このッ」

嗤われたことで、男の怒りが爆発する。

「斬れッ、この女を斬れぇ〜ッ」

引き連れてきた男たちに向かって叫んだが、誰も自ら進み出る者はいない。

「お、お前たち、なにをしている。さっさと、この女を斬れぇ〜いッ」

その男の指令に再三背中を押されながらも、彼らは、容易に従おうとはしなかった。当たり前だ。まともな武士であれば、複数で女一人を殺そうなどとは夢にも思わぬものだ。だが、

「わ、わたしの命《めい》は、即ちあの方のご命令ぞ。……貴様ら、あの方のご命令に背くのかぁ〜ッ」

と、男が「あの方」を連発した途端、彼らのあいだに明らかな狼狽が走り抜ける。

それからしばしの間があったのは、男たちが、言葉を発さず互いに目と目を見交わしていたためだ。そして、無言のうちに相談はまとまった。

一瞬後、男たちは揃って間合いを詰めてきた。次いで、鋼が闇中《あんちゅう》に閃くときの、

シャッ、

という金属音が鳴る。揃って構えをとったのだ。

「斬れ、斬れ、斬れぇ〜ッ」

無様な尻餅のまま、麝香の男が金切り声を張りあげる。

香奈枝も、さすがに最早これまでか、と諦めた、まさにそのとき。

「ぐがぁッ」

不意に背後で、男の悲鳴があがる。次いで、バタリと地面に倒れる音——。

「おい、こらぁ、ふざけんなぁッ」

次いで、激しい怒声があたり憚《はばか》らず鳴り響く。

「おふくろ様ぁ〜ッ」

怒声の主は、香奈枝のよく知る人物だ。

(黎二郎——)

もとより香奈枝には、その怒声の主が誰なのか、既にわかっている。

「おふくろ様——ッ、無事かぁ——ッ?」

大声で呼ばれたが、恥ずかしくて返答できなかった。

「おい、おふくろ様ぁッ?」

ここまで大音声《だいおんじよう》で呼びかけられて、即座に返答できるのは、余程無神経で鈍感な人間だろう。少なくとも、香奈枝はできなかった。

「おふくろ様ぁ〜ッ」

喚き続ける黎二郎をめがけて、すぐさま二つ三つの刃が斬りつけた。新たな敵の出現に、どうやら彼らは救われた。寄って集《たか》って中年女一人を殺すよりは、男と斬り合うほうが余程武士らしい。

「敵だ、敵だ!」

「先ずはこの敵を討ち取れ――ッ」

武士たちは嬉々として黎二郎に殺到した。

もとより黎二郎は間際で躱し、

「ちッ」

舌打ちしざま、目の前の敵に体を向ける。

「しょうがねえなぁ」

不意に真正面から斬りつけてきた刀を、しっかり手元で受け止めながら、黎二郎は無意識に口走った。口走って撥ね返した次の瞬間、
がッ、
上段からの鋭い一撃が黎二郎を襲う。

躱しざま、そいつの横っ面へ、返礼の一撃を放つ――。避けられることは想定済みなので、慌てることなく、一歩退いた。もし黎二郎が避けていなければ、間髪を容れず、背後からの突きが、容赦なく彼の背を貫いていたろう。
（クソッ）
思わず心中に怒声を発さねばならぬほど、その連続の攻撃は、黎二郎にとって鬱陶《うっとう》しいものだった。

（こいつら、本物の刺客だな）

　と黎二郎は確信した。

　動きに無駄がない。一人が打ちかかり、躱されれば、すぐ次の一人が飛び込んでくる。受け太刀にまわれば、すかさず背後を襲われるので、すべての切っ尖を躱すか、瞬時に撥ね返すしかない。間断なく攻撃を仕掛けることで、こちらに休息する隙を与えまいとする狡猾な遣《や》り方だった。

（畜生ッ）

　四人の武士は、順番に黎二郎との間合いに踏み込み、踏み込んでは逃れる、ということを繰り返し、黎二郎が疲れるのをただ待てばいい。

「黎二郎」

　息子が苦戦するさまを闇中に透かし見ながら、だが香奈枝はふと思い返し、尻餅をついたきりの、その男のほうに向き直った。

「…………」

　男は同じ体勢のままでジリジリと後退してゆく。

　香奈枝は懐剣を胸元に構え直しつつ、男に近づく。

「な、なんだ……なんの真似だ」

「武家の女を、侮《あなど》るものではない」

月を背にして立ちながら、香奈枝は唇辺に不敵な笑みを滲ませて言った。

「理不尽に命を奪われそうになった者が、奪おうとした者に対してなにを為すべきか、まさか、知らぬわけでもありますまい」

「ま、待て……わ、儂は、別に、命まで奪おうとはしておらぬぞ」

「今更見苦しい言い訳をなさいますな。たったいま、配下の者どもをけしかけていたではありませぬか」

言いざま懐剣を高く振り上げれば、

「ま、待てッ！」

男は甲高い悲鳴をあげ、

「おいッ、お前たち、たった一人を相手に、なにをもたもたしておる〜ッ。さっさと片づけて、儂を助けぬかぁ〜ッ」

黎二郎を相手にしている男たちに向かって助けを求める。

残念ながら、黎二郎はさっさと片づけられるような敵ではない。助けを求められた男たちは胸中で激しく舌打ちをした。寄って集《たか》って女を殺すよう命じたかと思えば、今度はその女から殺されそうなので自分を助けろ、と言う。常々思っていたことだが、

のだろう。こいつはろくな指揮官ではなかった。その上、その救援指令が、男たちを動揺させた

「うぐぎゃ〜ッ」

「ぎぇひぃッ」

黎二郎を片づけて麝香の男を助けに行くより先に、四人のうち二人が、彼らの間合いを完全に見きった黎二郎の剣に斬られた。

残るは二人。と、そこへ、

「お〜い、黎二郎——ッ」

激しく息を切らしながら、太一郎が駆けつける。

「大丈夫か、黎二郎ッ？」

「俺より、おふくろ様を——」

「母上！　母上はご無事か？」

「無事です」

仕方なく、香奈枝は答えた。

「母は大丈夫です。お前たちは、存分にその者らと戦いなさいッ。後《おく》れをとってはなりませぬぞ」

「くそッ」

香奈枝の切っ尖を目の前に突きつけられた男は、激しく舌打ちすると、

「おい、もういい。退くぞッ」

残る二人に向かって指揮官らしく言い、尻餅をついたままで猛然と後退した。驚くほどの速さで、地面を居去《いざ》ると、香奈枝が呆気にとられるうちにも、忽ち二、三間も先まで逃れてしまう。

「おのれ、覚えておれッ」

香奈枝の切っ尖もここまでは届くまい、と思われるところで漸く立ち上がり、踵《きびす》を返して走り出した。残る二人も、当然それに倣う。

あいだにいた敵が逃げ去ったため、息子たちと香奈枝のあいだの遮蔽物は、もうなにもない。

「おふくろ様〜ッ」

「母上ッ」

太一郎と黎二郎が口々に自分を呼びながら駆け寄ってくるのを見て安堵すると同時に、

（この子たちに、一体なんと説明しよう……）

考えると、忽ち頭が痛くなった。ために香奈枝は、とりあえず、その場に頽《くずお》れることにした。しばらく口をきかずにすますには、それしか方法がなさそうだった。

四

「なんだったんだよ、あいつらは？」

「大方、金目当ての悪党でしょう」

自分を襲った者たちの正体を、香奈枝は息子たちに明かさなかった。

幸い、香奈枝と男が交わした言葉は、黎二郎には聞かれていない筈だ。

「以前にもあったのです。私を拐《かど》わかして、身代金を要求せんとしたのでしょう。幸いそのときは、たまたま居合わせた黎二郎に救われましたが――」

香奈枝の言葉を、少なくとも、太一郎は信じただろう。先夜あの場に駆けつけてきたとき、かなり酒がまわっていたらしい太一郎は酔眼朦朧とした目で香奈枝を見つめ、

「ご無事でようございました」と繰り返すばかりだった。

厄介なのは、なにもかも見透かしていそうな黎二郎である。

それから数日後、何処へ行くという目的もなく家を出た香奈枝を、両国広小路の手

前で、黎二郎が待ち構えていた。

「やっぱり出て来たな」

「お前、どうして……」

「着物は仕立てたばっかりだし、芝居も観たばっかり。祭でもなけりゃ、縁日でもねえ。こんな日に、おふくろ様が足を向ける賑やかな盛り場といえば、ここしかねえだろうよ」

「ふん、小賢《こざか》しい」

香奈枝は少しく眉を顰《ひそ》めた。

だが、黎二郎を従えたままで両国広小路の最も賑やかなあたりをめざし、躊躇《ためら》うことなく歩を進めてゆく。小屋がけの芝居はもとより、軽業《かるわざ》や手妻《てづま》を見せる見世物小屋が、ところ狭しと建ち並ぶ。

小屋を建てるほどの財力を持たぬ者らは、道端や空き地で芸を見せて銭を稼ぐ。小屋を持たぬ大道芸だからといって、一概には侮れない。居合い、曲独楽《きょくごま》、猿廻しなど、ときには目を見張るような優れた技を披露する芸人もいる。

それ故香奈枝は、広小路を漫《そぞ》ろ歩くとき、敢えて小屋には入らず、盛り場のあちこちをひやかして歩く。黎二郎は、そんな香奈枝の背後にピタリとついてきた。

「なあ、そろそろ本当のことを話してくれねえか？」

「本当のこと、とは？」

「俺は兄貴みてえな世間知らずじゃねえからな。強請《ゆす》りめあての駕籠舁と、あの夜の男たちが同じ目的だったなんて、間違っても思えねえんだよ」

「では、どう思うのです？」

「だいたい、あの男たちは歴とした侍じゃねえか。それも、かなり腕の立つ――」

「侍とて、金に困れば悪事に手を染めることもあるでしょう。このようなご時世ですからね」

「まだ誤魔化せると思ってやがんのかよ」

「はて、なにを言っているのやら。連日酒浸りに女遊びで、頭がどうかしてしまったのか、黎二郎」

「親父のことと、なにか関係があるんじゃねえのか？」

「…………」

「兄貴から、聞いたんだよ」

「なに、太一郎から……」

香奈枝ははじめて顔色を変えた。

（太一郎め、弟にまで話してしまうとは、なんと口の軽い）

「いや、兄貴はずっと一人で抱え込んで、悩んでたんだぜ。俺だったら、もっと早く、おふくろ様を問い詰めてたろうよ」

香奈枝がなにを考えているか、黎二郎にはお見通しなのだろう。

「だいたい、おふくろ様が俺にあんなこと言いつけるから――」

「さては、やはり太一郎にバレてしまったのですね」

「ああ」

「それで、私が言いつけたことを、すべて太一郎に話してしまったのですね」

「しょうがねえだろ、言わなきゃ、兄貴は納得しねえんだから」

「気のきいた嘘の一つも言えなかったのですか。…ったく、なんのための女遊びなんだか」

「女遊びは関係ねえだろ」

「女に対しては、どうせ口先だけの見え透いた嘘をついているのでしょう。『お前だけだ、俺が本気になるのはお前だけだ』とか、なんとか……」

「お、おい、やめろよ。母親のくせに、よくそういうこと言えるな」

「ぶざまに狼狽えるところをみると、どうやら図星のようですね」

「うるせえなッ」

遂に堪えきれず、黎二郎は怒声を発した。

だが、それで怯む香奈枝ではない。

「ったく、愚かにもほどがあります。お前も、太一郎も――」

「え？」

「太一郎が、城中にてなにを聞いてきたか知りませんが、父上のご遺体をあらためたのは、この私ですよ。なにかおかしなところがあれば、先ず私が疑いをいだく筈でしょう」

「…………」

「だいたい、言ってはなんですが、慶太郎殿のお役は、小普請方吟味役――つまり、小普請奉行の下役ですよ。小普請奉行のお役目がどんなものか、お前は知っていますか？　勘定吟味方あたりならともかく、小普請方の者が、どれほど途轍《とてつ》もない陰謀に巻き込まれるというのです？」

「それは……俺にはよくわかんねえけど、でも、兄貴が……」

黎二郎は容易く口ごもるが、ふと思いつき、

「そ、そうだ。兄貴は、それを城中で聞いてからこっち、謎の男にずっと尾行《つ》けられ

てるんだぜ」

　得意になって母の耳許に言い募る。

「謎の男？」

「ああ、俺もこの目で見たぜ。黒装束の侍が、兄貴のあとを尾行けてるところをな」

「黒装束の侍？」

　少しく考え込んでから、

「その者が、太一郎に害を為すというのですか？」

　香奈枝は問い返した。

「い、いや、それはまだわかんねえけど……」

「ならば、不用意なことを言うものではありません」

　厳しい叱責口調で言われ、黎二郎はまた悄然と項垂れる。

が、項垂れていると見せかけて、

「空蟬殿、って誰なんだ？」

　香奈枝の耳許へ低く問いかける。

「闇公方ってのと、同じ奴なのか？」

　香奈枝の体は今度こそ、凍りついた。

（聞かれた――）

だが、内心の動揺をひた隠し、道の両側にズラリと並んだ出店のその一つ――匂い袋を商う店の前でふと足を止める。

赤や黄の、華やかな色の小袋を手にとり、一つ一つ、その香りを聞いてゆく。

「白檀《びゃくだん》ですね？」

「へい」

商っているのは、六十がらみの小柄な老爺である。

「丁字《ちょうじ》はありますか？」

「こちらの青いのが一列全部丁字でございます、奥様」

「では、白檀と丁子を、それぞれ五つずついただきましょう」

「ありがとうございます。……しめて二十文になります」

「黎二郎、払っておくれ」

「あ、ああ……随分沢山買うんだな」

「簞笥《たんす》の虫除け用です。そろそろ衣更《ころもが》えの季節ですからね」

「そうかぁ、おふくろ様は、衣裳持ちだからなぁ」

「折角ですから、綾乃殿のぶんも買っていきましょう。……白檀をあと五つ」

「へい」

老爺は、香りの違う二種類の匂い袋を別々の紙袋に入れ、香奈枝に手渡した。袋は古い浮世絵でできていて、美人画のほうに白檀、役者絵の袋には丁字の匂い袋が入っている。

「お前も、妓楼の妓たちに買っていったらどうです？　歓ばれますよ」

「だからぁ、普通母親がそういこうと言うかぁ？」

追加の分の十文を老爺に支払いながら、口を尖らせて黎二郎は言い返すが、

「妓たちは兎も角、許婚者《いいなずけ》殿に買っていこうかな」

と口走り、手近な一つを手にとって匂いを嗅ぐ。

「お前、本気で立花家に婿入りするつもりなのですか？」

「だって、今更断れねえだろ」

「立花殿には、結納を待ってもらっていると聞きましたが」

「それは、なんて言うか、その……心の準備っていうか、覚悟がつかねえっていうか……」

「話を引き延ばしておいて、その間に不祥事を引き起こし、先方から断ってもらう腹積もりではないのですか？」

「…………」

母の口から事もなげに吐かれた言葉に、黎二郎は絶句した。

（なるほど、その手があったか……）

内心感心してしまったことは言うまでもない。

「したが、許婚者殿に土産《みやげ》を持参して歓心を得ようとは、なかなか殊勝な心がけです。

……そうですか。本気で婿入りするつもりでしたか。それは重畳《ちょうじょう》」

「いや、歓心を買うとか、別にそんなつもりはねえよ。……俺はただ、ほんの詫びのつもりで……」

「詫び？」

「立ち合いのとき、つい本気で打っちまったから……」

「なるほど、お前は本当に、女子に優しいのう」

つくづくと感心してみせてから、

「ですが、そういう理由ならば、贈り物などせぬほうがよいでしょう」

香奈枝は再び、表情を厳しくする。

「え？」

「立ち合いでつい本気になったのは、美緒殿の腕前が、お前を本気にさせずにおかぬほどのものだったが故でしょう。美緒殿も蓋し本望であられた筈。それを今更お詫びなど、却って失礼ではありませんか」

「そ、そういうもんか？」

「そういうものです」

香奈枝に断言されて、黎二郎は納得した。

女心には精通しているつもりの彼にも、母の心の奥底だけは永遠に踏み入ることのかなわぬ、金城湯池《きんじょうとうち》だ。その母と同じく、誇り高き武家の娘の気持ちであれば、誰よりもよく、母が熟知していても不思議はない。

そして、感心した黎二郎はすっかり忘れている。最前自分が、香奈枝を追いつめられるネタをふっていた、ということを——。

（しかし、所詮一時凌ぎじゃ。何れまた、問い詰めてこよう——）

黎二郎を、まんまと煙に巻くことに成功しながらも、香奈枝の胸中には暗雲がたれ込めていた。

（そのときは、すべてを話さねばならぬのかもしれぬ）

と覚悟する一方で、懸命に、取り繕う嘘を思案する香奈枝だった。

結納だけは、せめて年内に執り行いたい、と押しきられた。

五

だが、正式な婚儀は少し先に延ばしてもらいたい、というこちらの願いを、存外快く、立花三左右衛門は受け入れてくれた。

「武家の男子が、生まれた家を捨てて他家の者になるのじゃ。事は、そう簡単ではありますまい。いや、黎二郎殿のお気持ちはよくわかる」

三左右衛門は終始にこやかに太一郎の話を聞いてくれた。

(本当によいお人だ。ああいうお人が舅殿なら、黎二郎のような奴でも、なんとかやっていけるだろう)

立花家で酒をふるまわれ、少々上機嫌になった太一郎は、端唄《はうた》の一つも口ずさみたい気分であった。

だが、お座敷遊びの一つも経験したことのない太一郎には、歌いたくても、残念ながら歌える歌がない。

(父上のことも、まだ何一つわからずじまいだが、とりあえず、黎二郎のことはめでたい限りだ。……幸い、あいつもその気になってくれたし――）

思えば、黎二郎とは顔を合わせれば諍《いさか》いばかりの日々だった。

黎二郎はなにかにつけて太一郎の言葉に逆らうし、逆らわれれば、ついカッとなって言い返し、遂には頭ごなしの叱責となった。なにを言っても、立場の違う黎二郎が素直に聞くわけはないということを、そのとき太一郎は夢にも思わなかった。兄の言うことが聞けないのは、自堕落な暮らしをしている黎二郎の心が荒《すさ》みきっているからだと思った。喧嘩のたび、母が太一郎ばかりを叱るのも、心の底では、黎二郎を依怙《えこ》贔屓《ひいき》しているからなのだと思い、少しばかり母を恨みもした。

それくらい、母から愛されたいと願ってきた。

だが、黎二郎が立花家に婿入りし、やがて家を継げば、太一郎とは同じ立場になる。そうなればもう、黎二郎も、闇雲に兄の言葉に反発したりはしないだろう。寧ろ、太一郎の立場を理解し、黎二郎のほうから歩み寄ってくれるはずだ。

本当の意味で、兄弟になれるのはこれからかもしれない。同じ当主の立場になれば、なにかと相談し合えることもあるだろう。

それがなにより、太一郎には嬉しかった。

だから少々、浮かれてしまった。

或いは浮かれすぎて、隙だらけだったのかもしれない。

柳橋《やなぎばし》を渡り、お堀沿いの柳原《やなぎわら》通りを自邸に向かって歩いているとき、太一郎はふと、いやな《気》を感じて足を止めた。

(なんだ?)

飲み過ぎて、気持ちが悪くなったのかとも思った。

だが、そうではないということは、次の瞬間、明らかとなった。

だッだッだッだッ……

低く小走りな足音が、真っ直ぐこちらに向かってくる。

緩やかに弧を描くような曲がり道の先から、重く土を蹴立てつつ、猛然とこちらへ向かってくる人影があった。それも、一つではない。

(二つ三つ……四人か)

太一郎は瞬時に絶望的な気分に陥《おちい》った。

反射的に大刀に手をかけ、鯉口を切る。

だが、黎二郎と違って、実際に真剣を抜いた経験はない。それ故、少しくもたつき、刀を抜くのがしばし遅れた。

太一郎めがけていまにも殺到せんとする四人の手には、はじめから白刃が閃いている。

（駄目だ。四人はとても……）

太一郎とて、黎二郎同様直心影流に学び、目録まで許されている。道場では、何度も黎二郎と竹刀を交えたし、屢々《しばしば》勝ちをおさめることもあった。免許皆伝こそいただいていないものの、力量自体は黎二郎とそれほど変わらぬ筈だという自負もある。

足りないものがあるとすれば、それは、真剣を用いての勝負の経験と、即ち真剣を奮うことの覚悟だろう。

真剣を用いて本気で戦えば、相手は確実に死ぬ。死に至らぬまでも、相当重い怪我を負わせることになる。

そのことに気後れして僅かでも躊躇《ためら》えば、己が命を失うことになるだけだ。

気後れした太一郎が、漸《ようや》く抜刀したときには、白刃を構えた男たちが、いまにも間合いの中へと突入してくるところだ。

（うわッ）

太一郎は思わず後退った。

その刹那――。

足音もさせずに太一郎の背後から忍び寄っていた男が、さながら太一郎を庇う形で彼の前へと躍り出た。躍り出たときには、当然抜刀している。

「う……」

殺到した最初の一人は、短い呻きとともに前のめりに倒れた。

太一郎を背に庇ったその男は、気合いの声一つ発することなく、無造作に刀を振った。少なくとも、太一郎の目にはそう映った。

「ごぇッ」

次いで、倒れた男のすぐ隣にいた男も、短く呻いてその場に頽れる。

四人のうち二人が、瞬時に仆《たお》された。

ために、太一郎へと殺到するのはあと二人——。

(二人だ)

と思うと、太一郎も落ち着き、ずっと楽に対応することができた。

しかも、二人を瞬時に仆してくれた突然の援軍——その男は、間髪を容れずに踵を返すと、
ざッ、
と地を蹴って跳び、跳びざま、刀を振りおろした。

「ぎゃッ」

二人のうちの一人が、忽ち膝から頽れた。

「おのれぇッ」

残る一人は、大上段に構えつつ怒声を発したが、一対一の勝負であれば、太一郎とて後れはとらない。

余裕をもって八相に構え、相手が仕掛けてくるのを待つ。

相手は太一郎よりも些か背が高かった。

だが、背の高い相手ならば、黎二郎で慣れている。

ぎゅしッ、
と大上段から振り下ろされる刃を、太一郎はしっかりと胸のあたりで受け止めた。

受け止めておいて、力任せに撥ね返す。太一郎の膂力で撥ね返されてはひとたまりもない。相手は容易く撥ね返され、少しく蹌踉《よろ》けた。そこを狙いすまし、がら空きの胴へ、刀の棟を思いきり叩き込む。

「うぐがッ」

棟打ちでも、渾身の力で鋼を叩き込まれればひとたまりもない。これは、黎二郎の真剣勝負を間近で見ていて学んだことだ。

「ぐふぅ……」

太一郎に脇腹を棟打ちされた男は、当然苦しげに蹲った。

「止め太刀を使われたか、太一郎殿」

「え？」

太一郎が驚いて顧みると、不意に現れた援軍――瞬時に三人の敵を葬ってくれた男が既に刀を収め、何事もなかったかのように微笑んでいた。

「よい御料簡《ごりょうけん》だ」

丸顔で、驚くほど温顔の中年男である。

「殺してしまっては、あとが面倒なのでのう。まあ、そうは言っても、真剣にて斬り合えば、どうしても、やむなき仕儀に陥ってしまうことはござるが」

（この男……）

ずっと自分を尾行けていた黒紋服の男ではないか、と太一郎は直感した。

「ああ、この者共は、海老名家の用人か、或いは海老名家に雇われた者でござろう」

太一郎の戸惑いを察したか、丸顔の武士は更に笑顔で言う。

「海老名家？」

「勘定吟味方の海老名殿でござるよ。ひと月ほど前、ご城内にて乱心なされた――」

「あっ」

太一郎は漸くそのときのことを思い出した。

しかし、だからといって、何故自分が、乱心した海老名家の家人に命を狙われねばならないのか。

「海老名家は五千石の大身。それも三河以来の名家であるため、外聞を憚《はばか》ったのであろう。なにしろ、あの折、乱心されたご当主の姿を間近で見られたのは、見張りを命じられた御小姓役の方々以外では、太一郎殿だけなのでな」

「だからといって、何故それがしを……」

「御小姓役の方々は、ご城中にて不祥事が起こった場合、罪人の監視なども言いつけられるため、城中の出来事を軽々しく外にもらさぬよう、厳しく躾《しつ》けられております故」

「そ、それがしとて、軽々しく漏らしたりなど、いたしませせぬぞ」

太一郎がさすがにムッとすると、

「お気を悪くなされるな」

苦笑しつつも、宥めるように男は言った。

その男の温顔をつくづくと見つめるうちに、太一郎は気を取り直す。

「で、貴殿は？」

「これは申し遅れました。それがしは、公儀御庭番黒鍬《くろくわ》組の者にて、出海十平次《いずみじっぺいじ》と申す。さるお方に、貴殿の身辺警護を言いつかっており申した」

「さるお方？」

太一郎は思わず問い返したが、真に驚かされたのは、そこではない。

自分の命を狙う刺客だとばかり思っていた黒紋服の男が、実は自分を護っていた、ということにほかならなかった。しかも、公儀御庭番だと言う。

「とはいえ、弟御がご一緒の際は心配あるまいと思い、このところ、少々怠《なま》けてしまいましたが」

御庭番の出海十平次は、とびきり人好きのする笑顔を見せて言い、太一郎を更に絶句させた。

「海老名家の者が、何《いず》れ太一郎殿を狙うてくることは、わかっていたのだが……いや、面目ない」

「い、出海殿」

「十平次でかまわぬよ」

「十平次殿」

「なんでしょう？」

「一体何処《どこ》の何方《どなた》が、貴殿に……それがしを護るよう言いつけられたのでしょうか？」

「おお、そのことか」

十平次は、その満面に更なる喜色を漲らせると、

「貴殿の舅、榊原左近将監殿でござるよ」

事も無げに言ってのけた。

「いや、左近将監殿とそれがしとは、左近将監殿が書院番頭になられた頃から、二十年来のつきあいでのう……」

十平次は愉《たの》しげに喋り続けていたが、最早その言葉は、太一郎の耳には届いていない。

（岳父殿が、何故？）

その一事が、偏《ひとえ》に太一郎を混乱させていた。

「出海殿から、すべて承《うけたまわ》りました」

開口一番、太一郎は言った。

「…………」

その瞬間、左近将監の両目はカッと見開かれた。だが、半ば開かれた口から、すぐに言葉が発せられることはなかった。そんな義父の、武士として、年長者としての威厳を尊重せねばならないことは、太一郎も充分承知していた。承知していながら、胸底から湧き起こる言葉を抑え込むことが、どうしてもできなかった。

「義父上は、何故御庭番の出海殿に、それがしの警護を頼まれたのでしょうか？」

「…………」

その直截《ちょくせつ》すぎる問いに、左近将監は更に当惑したが、日頃礼儀を弁《わきま》え、行儀のよい太一郎がそこまで言うことの意味は、充分理解できたのだろう。

しばし考え込んだ後に、

「婿殿の身に万一のことがあれば、綾乃が泣く」

口中に砂でも嚙んでいるかのように苦い顔つきで、ボソリと言った。

「え？」

「目付、徒目付というお役は、即ち諸家の内情を探ることだ。お役目を、真面目に勤めれば勤めるほど、人からは忌み嫌われる」

「義父上」

「それ故、多くの恨みも買うであろう」

最早観念した、と言うように、言葉を継ぐ左近将監の口辺には、緩く笑みが刷《は》かれてゆく。

「親とは、斯《か》くも愚かな生きものなのだ」

言葉とともに、左近将監の唇が更に歪む。哀しい自嘲であった。

「もとより、綾乃に頼まれたわけではない。儂が勝手にしたことだ。どうか、綾乃を責めないでくれ」

「責めるなど！　寧ろ、礼を言いまする」

太一郎は慌てて言い募る。

「されど、何故そこまで……。何故大切なご息女を、それがしなどに……その上、身に余るご厚情を……」

「来嶋殿……婿殿のお父上のことは、何度か城中にてお見かけしたことがある」

左近将監の言葉が、いよいよ太一郎を混乱させる。

「本当に、気持ちのよい御仁《ごじん》であられた。どんなときでも、およそ余人にいやな顔を見せず、只管《ひたすら》お役目に励んでおられた。……何故あれほど、いつも、幸せそうな顔をしていられるのか、不思議でならなかったのだが、綾乃が、来嶋家に嫁ぎたい、と言い出したとき、儂は密かに思ったのじゃ。女子が本当に幸せになれるとしたら、或いは、あのような男の妻になることではないか、と」

「…………」

「のう、婿殿、そなた、女子に生まれたいと思うたことが、一度でもあるか？」

「いいえ」

「ないであろう。儂も、ない。……生家で如何に大切に育てられようと、何《いず》れ長じて他家へ嫁いでしまう女子は、哀れじゃ」

「当家のような貧しき家に嫁がれるとは、まこと、申し訳なく――」

「違う！」

太一郎の言葉を、左近将監は中途で遮った。

「あの御仁……来嶋慶太郎殿の嫡子であるそなたであれば、綾乃を幸せにしてくれるのではないかと、儂は密かに期待したのだ。勝手な期待だった」

「義父上」

「こちらの勝手な期待で娘を嫁がせたこと、申し訳なく思う」

「いいえ。そのおかげで、それがしは命拾いをいたしました」

太一郎もまた、強引に言葉を継いだ。

「すべては義父上と十平次殿のおかげでございます」

「十平次とは、古いつきあいでな。御庭番故、常時お城に詰めているし、婿殿のことを気にかけてやってくれ、と常々頼んでいた」

「有り難く存じます」

太一郎は心から礼を述べた。

それから太一郎は、真っ直ぐ左近将監の目を見据えて、

「ですが、義父上、できれば向後《こうご》は、太一郎、とお呼びいただけませぬか」

この上なく真剣な口調で懇願した。

「それがしは、幼き頃に父を喪《うしな》いました故、『父』と呼ぶ人のないまま、過ごしてまいりました。……向後、舅殿のことを、まことの父と思い、『父上』とお呼びしてはいけないでしょうか？」

「婿殿」

懇願されて、左近将監の顔が見る見る歪んだ。泣き顔だった。

「太一郎でございます、義父上」

「…………」

「太一郎」

「はい」

「では、太一郎、まことの父として、最初の頼みだ」

「はい、なんなりと」

「儂を……」

「はい？」

「儂を、泣かせないでくれ」

「………」

「頼むから、儂をこれ以上泣かせないでくれ、太一郎」

左近将監の言葉は、悲しく震えていた。

その気持ちを充分に慮《おもんぱか》ってから、

「はい、肝に銘じて――」

太一郎は答え、義父の前に平伏した。

顔を伏せ、苦渋に満ちた左近将監の泣き顔を見ないようにすることが、息子として為すべき最初のつとめであった。

※　※　※

目付の詰所からは、相変わらず、話し声が漏れ聞こえた。

どうせ、とりとめもない無駄話だ。いちいち気にとめるのが馬鹿馬鹿しいくらいの、益体《やくたい》もない噂話にすぎない。

もとより太一郎は、足を止めずに行き過ぎるつもりだった。だが、

「そういえば、聞いたか、海老名殿のこと」

その名を耳にした途端、無意識に足が止まった。

「ああ、聞いたわ。気の病では差し障りがあろうと、出入りの医師を固く口止めしたというのであろう」

「今更遅すぎたのう、ふはははは」

「まったくじゃ。既に、来嶋とやらいう徒目付の小僧が、存分に触れまわったあとじゃわい」

(なんだと！)

太一郎の体の血が、その瞬間、カッと逆流する。

(俺は、一言も……)

「しかし海老名家の者どももも間抜けじゃのう。どうせなら、もっと早く、小僧を消しておくべきだったのじゃ」

目付たちは、部屋の外で耳を欹《そばだ》てている者がいるなどとは夢にも思わぬのだろうか。あたり憚らぬ音量で放言している。太一郎はその場を動くことができなかった。

「そういえば、来嶋の小倅、勘定吟味方の立花家に婿入りが決まったそうではないか」

「確かにのう」

「来嶋の小倅は、とうの昔に嫁を迎えていよう。嫁の親父は、確か、書院番頭じゃ」

「いや、長男ではなくて、放蕩無頼の次男のほうじゃ」

「なんだと？　あの、札付きの次男が、立花家の婿だと？」

「放蕩三昧《ざんまい》の遊冶郎《ゆうやろう》が、うまくやったものよのう」

「それもこれも、あのお方のご意向よ」

「空蟬殿の？」

「しッ、ご城中にてその名を口にするな」

「誰も聞いておらぬよ。縦《よ》しんば聞いておったとしても、どうせ誰にもわからぬ」

太一郎は身を竦《すく》め、ただ己の全身を耳と為《な》している。

「それにしても、来嶋家の奥方……いや、後家は、よくもまあ、そのような縁談を承知したものよのう」

「そりゃあ、するだろう。来嶋の後家は、衣装道楽に役者狂い……どうしようもない馬鹿女だと噂されているぞ」

「儂も聞いたことがある。美人だが、途方もない男好きだそうだ」

「ほぉう、美人か。できれば一手、お手合わせ願いたいものだのう」

「やめておけ。器量はよくとも、裾貧乏《すそびんぼう》に決まっておるわい」

「まったくじゃ、ふはははは……」

「はははは……」

男たちの哄笑は、あたり憚らぬ音量で、人気《ひとけ》のない廊下中に響き渡った。

（こ、こやつら……）

太一郎は、きつく握った拳《こぶし》の中で、爪の先が皮膚を破るくらい、強く拳を握りしめていた。無意識に身のうちが震え、怒りのあまり、眩暈《めまい》がした。一体どうしたら、この不愉快な話し声の主たちに鉄槌をくらわせられるかを本気で思案した。

（いかん）

だが、殿中にて刃傷《にんじよう》に及べばお家は断絶。家族も家人も路頭に迷う。よいことなど、一つもない。

（しかし目付ども、よくも言いたい放題の戯言《ざれごと》を……）

太一郎は懸命に己の気持ちを抑え込みつつ、目付詰所の前を、何事もなく通り過ぎた。通り過ぎたとき、期せずして、ときを告げる鐘が鳴りはじめる。

（九ツか）

即ち、午《うま》の刻。

そろそろ昼餉の弁当が届く頃合いだ。空腹の太一郎は足早に己の詰所へ戻り、弁当を待つことにした。

腹立ちは到底おさまらぬが、すべては弁当を食べてからだ。腹が満たされれば、いまより少しは賢い思案ができることだろう。

時代小説

二見時代小説文庫

闇《やみ》公方《くぼう》の影《かげ》　旗本三兄弟《はたもとさんきょうだい》 事件帖《じけんちょう》 1

著者　藤《ふじ》水《み》名子《なこ》

発行所　株式会社 二見書房
東京都千代田区三崎町二-一八-一一
電話　〇三-三五一五-二三一一［営業］
〇三-三五一五-二三一三［編集］
振替　〇〇一七〇-四-二六三九

印刷　株式会社 堀内印刷所
製本　ナショナル製本協同組合

落丁・乱丁本はお取り替えいたします。
定価は、カバーに表示してあります。

 ISBN978-4-576-15146-5
http://www.futami.co.jp/

与力・仏《ほとけ》の重蔵　情けの剣

藤水名子［著］

続いて見つかった惨殺死体の身元はかつての盗賊一味だった。鬼より怖い凄腕与力がなぜ〝仏〟と呼ばれる？男の生き様の極北、時代小説に新たなヒーロー登場！

密偵《いぬ》がいる　与力・仏の重蔵2

藤水名子［著］

相次ぐ町娘の突然の失踪…かどわかしか駆け落ちか？手がかりもなく、手詰まりに焦る重蔵の乾坤一擲の勝負の一手！〝仏〟と呼ばれる与力の、悪を決して許さぬ戦い！

奉行闇討ち　与力・仏の重蔵3

藤水名子［著］

腕利きの用心棒たちと頑丈な錠前にもかかわらず、千両箱を盗み出す〝霞小僧〟にさすがの〝仏〟の重蔵もなす術がなかった。そんな折、町奉行矢部定謙が刺客に襲われ…

修羅《しゅら》の剣　与力・仏の重蔵4

藤水名子［著］

江戸で夜鷹殺しが続く中、重蔵は密偵を囮に下手人を挙げるのだが、その裏にはある陰謀が！　闇に蠢く悪の所業を、心を明かさぬ仏の重蔵の剣が両断する！

鬼神の微笑　与力・仏の重蔵5

藤水名子［著］

大店の主が殺される事件が続く中、戸部重蔵の前に火盗の密偵だと名乗る色気たっぷりの年増女が現れる。商家の主殺しと女密偵の謎を、重蔵は解けるのか!?

枕橋の御前　女剣士 美涼1

藤水名子［著］

島帰りの男を破落戸から救った男装の美剣士・美涼と剣の師であり養父でもある隼人正を襲う、見えない敵の正体は？　小説すばる新人賞受賞作家の新シリーズ！

姫君ご乱行　女剣士 美涼2

藤水名子［著］

三十年前に獄門になったはずの盗賊と同じ通り名の強盗が出没。そこに見え隠れする将軍家ご息女・佳姫の影。隼人正と美涼の正義の剣が時を超えて悪を討つ！

世直し隠し剣　婿殿は山同心1

氷月 葵［著］

八丁堀同心の三男坊・禎次郎は婿養子に入り、吟味方下役をしていたが、上野の山同心への出向を命じられた。初出仕の日、お山で百姓風の奇妙な三人組が……。

首吊り志願　婿殿は山同心2

氷月 葵［著］

不忍池の端で若い男が殺されているのに出くわした上野の山同心・禎次郎。事件の背後で笑う黒幕とは？ 禎次郎の棒手裏剣が敵に迫る！ 大好評第2弾！

べらんめえ大名　殿さま商売人1

沖田正午［著］

父親の跡を継ぎ藩主になった小久保忠介。財政危機を乗り越えようと自らも野良着になって働くが、野分で未曾有の窮地に。元遊び人藩主がとった起死回生の秘策とは？

ぶっとび大名　殿さま商売人2

沖田正午［著］

下野《しもつけ》三万石鳥山藩の台所事情は相変わらず火の車。藩主の小久保忠介は挫けず新しい儲け商売を考える。幕府の横槍にもめげず、彼らが放つ奇想天外な商売とは⁉

運気をつかめ！　殿さま商売人3

沖田正午［著］

暴れ川の護岸費用捻出に胸を痛め、新しい商いを模索する鳥山藩藩主の小久保忠介。元締め商売の風評危機、さらに鳥山藩潰しの卑劣な策略を打ち破れるのか！

悲願の大勝負　殿さま商売人4

沖田正午［著］

降って湧いたような大儲け話！ だが裏に幕府老中までが絡むというその大風呂敷に忠介は疑念を抱く。東北の貧乏藩を巻き込み、殿さま商売人忠介の啖呵が冴える！

剣客大名 柳生俊平《としひら》 将軍の影目付
麻倉一矢［著］

柳生家第六代藩主となった柳生俊平は、八代将軍吉宗から密かに影目付を命じられ、難題に取り組むことに…。実在の大名の痛快な物語！ 新シリーズ第1弾！

浮世小路 父娘《おやこ》捕物帖 黄泉からの声
高城実枝子［著］

味で評判の小体な料理屋。美人の看板娘お麻と八丁堀同心の手先、治助。似た者どうしの父娘に今日も事件が舞いこんで…。期待の女流新人！ 大江戸人情ミステリー

朱鞘《あかさや》の大刀 見倒屋鬼助《みたおしやきすけ》 事件控1
喜安幸夫［著］

浅野内匠頭の事件で職を失った喜助は、夜逃げの家へ駆けつけて家財を二束三文で買い叩く「見倒屋」の仕事を手伝うことになる。喜助あらため鬼助の痛快シリーズ第1弾

隠れ岡っ引 見倒屋鬼助 事件控2
喜安幸夫［著］

鬼助は浅野家家臣・堀部安兵衛から剣術の手ほどきを受けた遣《つか》い手の中間《ちゅうげん》でもあった。「隠れ岡っ引」となった鬼助は、生かしておけぬ連中の成敗に力を貸すことに…。

濡れ衣晴らし 見倒屋鬼助 事件控3
喜安幸夫［著］

老舗料亭の庖丁人と仲居が店の金百両を持って駆落ち。探索を命じられた鬼助は、それが単純な駆落ちではないことを知る。彼らを嵌めた悪い奴らがいる…鬼助の木刀が唸る！

百日髷《まげ》の剣客 見倒屋鬼助 事件控4
喜安幸夫［著］

喧嘩を見事にさばいて見せた百日髷の謎の浪人者。その正体は、天下の剣客堀部安兵衛という噂が。奇縁によって鬼助はその浪人と共に悪人退治にのりだすことに！